INK INK INK INK INK
INK INK INK INK INK INK
INK INK INK INK INK
INK INK INK INK INK INK
INK INK INK INK INK
INK INK INK INK INK INK
INK INK INK INK INK
INK INK INK INK INK INK
INK INK INK INK INK
INK INK INK INK INK INK
INK INK INK INK INK
INK INK INK INK INK INK
INK INK INK INK INK
INK INK INK INK INK INK
INK INK INK INK INK
INK INK INK INK INK INK
INK INK INK INK INK
INK INK INK INK INK INK
INK INK INK INK INK
INK INK INK INK INK INK
INK INK INK INK INK
INK INK INK INK INK INK
INK INK INK INK INK

K INK INK INK INK INK IN
INK INK INK INK INK INK
K INK INK INK INK INK IN
INK INK INK INK INK INK
K INK INK INK INK INK IN
INK INK INK INK INK INK
K INK INK INK INK INK IN
INK INK INK INK INK INK
K INK INK INK INK INK IN
INK INK INK INK INK INK
K INK INK INK INK INK IN
INK INK INK INK INK INK
K INK INK INK INK INK IN
INK INK INK INK INK INK
K INK INK INK INK INK IN
INK INK INK INK INK INK
K INK INK INK INK INK IN
INK INK INK INK INK INK
K INK INK INK INK INK IN
INK INK INK INK INK INK
K INK INK INK INK INK IN
INK INK INK INK INK INK
K INK INK INK INK INK IN
INK INK INK INK INK INK
K INK INK INK INK INK IN

INK INK INK INK INK INK
K INK INK INK INK INK IN
INK INK INK INK INK INK I
K INK INK INK INK INK IN
INK INK INK INK INK INK I
K INK INK INK INK INK IN
INK INK INK INK INK INK I
K INK INK INK INK INK IN
INK INK INK INK INK INK I
K INK INK INK INK INK IN
INK INK INK INK INK INK I
K INK INK INK INK INK IN
INK INK INK INK INK INK I
K INK INK INK INK INK IN
INK INK INK INK INK INK I
K INK INK INK INK INK IN
INK INK INK INK INK INK I
K INK INK INK INK INK IN
INK INK INK INK INK INK I
K INK INK INK INK INK IN
INK INK INK INK INK INK I
K INK INK INK INK INK IN
INK INK INK INK INK INK I
K INK INK INK INK INK IN

INK
文學叢書
107

無限的女人

孫瑋芒◎著

【目次】

輯一　狂騷人物　007

輯二　杏花一路開　097

輯三　愛與死的變容　208

輯一

狂騷人物

瑪麗蓮・夢露：超完美獵物

瑪麗蓮・夢露的一生濃縮成一張經典照片：一九五四年那一夜，正值事業顚峰的夢露爲比利・懷德執導的《七年之癢》拍攝宣傳照，二十八歲的她，身穿雪白削肩連衣裙，站在紐約地鐵通風口的鐵柵格上，在衆目睽睽、鏡頭重重包圍之下，任憑來自裙底的強烈氣流狂掀她的白裙，一霎時，肉體的光輝四射，夢露臉上綻放著燦爛的笑，美國這個清教徒國家得到永久解放。

半個世紀後，經典的派生作品大行其道：台北市的台大商圈與光華商圈，以模仿夢露走紅的瑪丹娜的演唱會DVD和CD充斥陳列架。瑪丹娜之後，緊跟著布蘭妮。歌壇天后瑪丹娜在舞台上展現的性感，是張牙舞爪的性感；瑪丹娜的舞台動作，是銳利閃亮的鋼雕，雖然搶眼，你潛意識恐懼被她刺傷。夢露的性感，不論在電影或照片上，像花朵盛開那麼自然，你在欣賞花朵時，知道那是植物張開的生殖器，花朵的柔弱之美，完全消解了猥褻之感。

夢露去世四十周年的前一個月，二〇〇二年七月，法國的《巴黎競賽周刊》舉辦紀念夢露的活動，邀請全球十位美麗女星穿上夢露裙入鏡，中國女星鞏俐受邀拍照，大陸媒體標榜她是「唯一受邀的東方女星」。鞏俐性感嗎？她演過的比較有情有欲的角色，都是悲劇中受封建勢力宰制的女性（《菊豆》、《大紅燈籠高高掛》）。她象徵的是受到嚴格禁制的欲望對象，那是一種沉重到近乎絕望的性感，好比囚室牆上張貼的裸女海報。夢露在影迷心中的形象，是《大江東去》滿溢著芬芳、散發著誘惑的沙龍女歌手，與男人激流行舟，象徵著本能與大地；是《七年之癢》愉悅可人的廣告模特兒，不經意地勾引妻子外出的結婚七年男子，風掀裙襬，風情萬種。夢露性感的要訣，在於開放有限空間，保留想像空間，讓受刺激的對象癢到骨子裡。鞏俐在銀幕上老是裹在棉襖長褲裡，哪有一絲夢露自然散發的風韻？哪能及夢露的甜美於萬一？

中國近代沒有性感象徵。近代男性文人照自己的形象塑造的名妓，如明、清之際的李香君、柳如是、董小宛，以文才而非性感著稱於後世。在身體和個性比較解放的當代台灣，女歌手在演唱會上演出大膽的性暗示動作，但是缺乏夢露的自發性；香港的三級片脫星敢脫敢浪，品味豈可與夢露相提並論？除了主流媒體，港台狗仔隊捨命爲華人社會發掘性感象徵，他們配備針孔、DV、長鏡頭，公然獵取名女人的走光、激凸，祕密蒐集名女人性伴侶名冊，華人社會的性感象徵仍然是空缺的。每一個曝光的名女人，都承受不了媒體和社會大衆加諸身上的雙重恥辱，急於否定自己。上個世紀中國巨星阮玲玉更以「人言可畏」自殺。「人們想讓我感到羞恥，但我沒有，也不會。」夢露是這樣說的。

夢露是八卦媒體的超完美獵物。

她有適合踢爆的裸照事件：二十三歲時，爲了贖回被貸款公司扣押的汽車，夢露拍了裸照，出現在酒吧和汽車旅館的掛曆上。兩年後，她有了片約，開始走紅，有人以公布裸照勒索她。當紅的港台女星也有人早年拍過三級片。夢露化危機爲轉機，拒絕勒索，以出身貧寒的孤兒身世得到媒體同情，把裸照事件化爲最有力的宣傳，炒紅了新片《夜闌人未靜》（*The Asphalt Jungle*），自己也一舉成名。一九五三年《花花公子》雜誌創刊號以夢露當封面人物，內頁刊登夢露裸照。

即使以今天八卦雜誌所揭發的港台藝人隱私而論，沒有任何一個人在強度能媲美夢露。走光、劈腿、整容（頭髮是從棕色染成金色，牙也整過）、懷孕與流產、性格缺點（她在片場經常遲到，脾氣暴躁，不許劇組裡面有人和她一樣是金髮）、總統亂性、情報頭子指揮FBI刺探私生活、與名人來電或分手、事業女強人（夢露在一九五一年投資成立瑪麗蓮·夢露電影公司，自任總裁）、精神疾病、自殺或謀殺疑雲，夢露的一生體現了八卦雜誌追逐的所有題材。至於美談，她也不缺乏：一九五四年，韓戰結束

《BLONDE》，ECCO出版社。>

的次年，夢露到南韓做勞軍演唱，性幻想對象的親臨使美國前方戰士美夢成眞。冷戰年代的台灣複製了夢露模式：女歌手鄧麗君多次勞軍演唱。

夢露對蜚短流長的態度是：「那會引起嫉妒，名聲。人們……認爲名聲給他某種特權到你面前，向你說三道四——但那不傷害你的感情——就像它發生在你的衣服上。」

夢露的第二任丈夫洋基隊球星狄馬喬（Joe DiMaggio），第三任丈夫劇作家亞瑟·米勒（Arthur Miller），都是大名鼎鼎的人物。和她鬧過緋聞的，最爲世人熟知的是當時美國總統約翰·甘迺迪和司法部長羅伯·甘迺迪兄弟，好萊塢圈內人則有影星馬龍·白蘭度、法蘭克·辛納屈，大導演伊力·卡山。她早年在好萊塢爲了成名，曾經踩著好萊塢當權人物的床向上爬。夢露生命中的最後一年，她依然放電，《瑪麗蓮·夢露：聯邦調查局檔案》一書記載，夢露到墨西哥旅遊，和一名船務代理人陷入熱戀。

她的原則是：「如果其中有愛，沒有任何性事是錯的。」

有的名人，你看到光鮮外表下愈多的眞實，愈是厭惡其虛僞造作。有的名人，你從耳聞其名到一步步深入了解，你會不由自主地從欣賞到著迷。夢露正是屬於後者。正如她自己所說，她不是無腦金髮女郎。早年的裸照事件展現她的智慧，一九五六年，美國的白色恐怖籠罩好萊塢，眾議院非美活動調查委員會傳訊亞瑟·米勒，調查

＜《浮生如夢》，人民文學出版社。

他與共產黨的關係。夢露當時正與米勒相戀，她答應了這樁郎才女貌的婚姻，扭轉了輿論的風向，智救米勒免於政治迫害。

台灣媒體曾經取笑號稱第一美女的某藝人爲了做「文化美容」，曾經把法文雜誌放倒了拍照。夢露眞正理解高雅文化的價值，「嫁給劇作家」這個行動就是最有力的證明。夢露熱中與藝文圈交往，她和美國詩人諾曼・羅斯登（Norman Rosten）是好友，兩人多次相偕參加紐約的藝文活動。夢露的官方網站列出她最喜愛的香水是香奈兒五號，也列舉了她最喜愛畫家、音樂家、詩人、作家，艱深冗長的俄羅斯作家杜斯妥也夫斯基，赫然在列。如同今天的台灣，當年美國媒體也嘲笑藝人夢露的藝文愛好，以炫耀記者的學識並取悅自命不凡的讀者。

夢露是性感女神，也是靈感女神。這個女人有著如此強大的行動力量、如此精采的人生，固然使衆多傳記作者緊追不捨，更是作家夢寐以求的原型人物、最有揮灑空間的創作素材。夫妻感情甜蜜時，米勒以夢露爲原型，創作了小說和電影劇本《亂點鴛鴦譜》（*The Misfits*）。夢露死後，早先和她已離異的米勒發表了自傳性舞台劇本《墮落之後》（*After the Fall*），反映婚姻不幸，被視爲傑作。美國當代大作家歐慈（Joyce Carol Oates）參考夢露多部傳記，創作了長篇小說《金髮女郎》（*Blonde*，大陸譯作《浮生如夢》），號稱「虛構傳記」，這部厚達七百三十八頁的書，以濃墨重彩渲染夢露的性與愛，成爲大作家最受歡迎的作品，在台北一〇一大樓的 Page One 書店可輕易買到。夢露的形象也吸引了視覺藝術家，美國普普藝術家安迪．沃荷（Andy Warhol）借用夢露的照片施展騙術，改作成系列【瑪麗蓮．夢露】絹印畫，其中《橘色瑪麗蓮》一九九八年在紐約蘇富比拍賣會上以一千七百三十萬美元的震撼價賣出。筆者在北台灣的朱銘美術館看過館藏沃荷的絹印夢露。

當代的性感象徵，不再是柔弱的夢露，陽剛氣十足、自主性高張的安潔莉娜．裘莉取而代之。她是電影《古墓奇兵2：風起雲湧》的蘿拉，武藝高強，把男人當稻草人一一撂倒；她佯裝順從老情人求愛，卻以迅雷不及掩耳的速度拿出手銬，反手將男人銬在床柱上。男人努力適應女性主義大革命之後的兩性新關係，不時聽命女人在上的指揮，內心深處卻懷念著夢露，恨不得挺身而起，壓在底下的仍然是眼神朦朧、癡情款款的金髮妞；而且，你若冷落她，她會自殺。

希特勒：不死的惡靈

「希特勒」是政治人物用來誹謗政敵的終極武器。

二〇〇四美國總統大選年，支持民主黨的 MoveOn.org 網站播放宣傳短片，將發動美伊戰爭的布希總統比擬爲好戰的希特勒，共和黨強烈抗議；布希與錢尼的競選團隊則在網路散發宣傳短片，將美國前副總統高爾、總統候選人凱瑞大聲疾呼的演說畫面，與希特勒演說的短片互相穿插，凱瑞的競選團隊痛批對手「低級」。

美國民主黨支持者投書指稱小布希是「美國希特勒」。台灣的藍、綠陣營支持者，都曾經封對方的領導人爲「台灣希特勒」。

阿道夫·希特勒代表邪惡，也意味著不可抗拒的群眾魅力。

這個生有一對鯊魚眼、動過整形手術把自己的鼻子墊高的領袖，素食、菸酒不沾、信天主教。他要爲日耳曼民族拓展生存空間，在二戰末期自殺身亡，留下一個廢墟德國；這朵日耳曼文化的惡之華，犯下大屠殺罪行，讓全民族背負罪惡感至今。當我走在柏林市「菩提樹下」大道，心中不由自主浮現三個響亮的名字：貝多芬、歌德、希特勒。

一八八九年出生在奧地利的希特勒，是個受虐兒，父親對母親和他施暴，成爲他仇恨的來源之一。讀小學時，他成爲戰爭迷：愛看戰爭冒險故事，與同學玩戰爭遊戲，他後來在獄中所著《我的奮鬥》宣揚透過武力擴大德意志民族領土。希特勒年輕時立志做藝術家，兩度報考維也納美術學院，都沒有錄取，在藝術之都維也納度過將近六年時光，過著波希米亞式的流浪生活。他一方面賣畫餬口，一方面浸染在維也納的藝術氛圍，貝多芬與華格納的音樂、德國神話傳說提供他許多幻想素材與模仿對象。

一般藝術家的人格特質：敏感、神經質、自認上天賦予了使命、耽於幻想、相信靈感、患有程度不等的精神病，希特勒都不缺。他經常爲某個偉大的想法感動得哽咽；他執政前的人生階段，數次歷經精神危機而意圖自殺。即使當上總理、總統，他並沒有變得比較雍容，依然是脾氣狂暴，大喜大怒。在國事、戰事不順利時，他多次當衆咆哮，怒斥部屬。美國史學家約翰．托蘭的《希特勒》（郭偉強譯）一書指出，一九四〇年六月，德軍以閃電戰術打得法國軍事防線全面崩潰，希特勒在設有指揮部的「狼谷」接到法國投降的消息，興奮得一拍大腿，彎起右腿，國家元首表演「金雞獨

＜《希特勒》，國際文化出版公司。

立」，被攝影師拍下歷史鏡頭。

藝術家的狂熱、權術家的狂熱、民族主義與國家主義的狂熱、戰爭的狂熱，希特勒集這些狂熱於一身。一個人生觀完全扭曲的人，懷抱一套只能在想像中滿足的世界觀，一個反面的唐吉訶德，如何能夠得到他人的支持而追求幻想？

這個失敗的藝術家，最擅長用圖像、文字、言辭自我宣傳。納粹黨標誌、黑白紅三色旗出自他的手筆，成爲當時最醒目的政治圖像。他在獄中所著《我的奮鬥》，華麗詞藻，文風激越，好比高功率擴大機，放大了民族仇恨與主宰世界的幻想。

希特勒主要是靠著演說吸引同志、征服群衆，成爲納粹黨的靈魂人物。醉心日耳曼音樂的希特勒，是用音樂演奏的概念發表演說。他的音調充滿了突強音、吼音，高亢時，彷彿戲劇男高音要唱到 high c，簡單的口號在他口中產生咒語的魔力，對群衆產生催眠作用。二〇〇三年以一百零一歲高齡去世的著名納粹時代德國女導演萊妮．里芬斯塔爾（Leni Riefenstahl）形容希特勒的演說「好像奔騰而下的瀑布」。

里芬斯塔爾拍攝的經典影片《意志的勝利》（*Triumph of the Will*），記錄一九三四年納粹黨在紐倫堡舉行的全國代表大會，「人民的意志」、「國家的象徵」希特勒，在片中塑造得有如戰勝歸來的古羅馬英雄，接受軍民同胞盛大歡迎；他在演說中習慣性地右手握拳上下揮舞，爲自己也爲群衆的情感打拍子。他有時雙拳緊握胸前，代表堅定；有時右拳變成手刀，從胸前橫切而過，傳達果決。最戲劇性的一幕是：演說終止時，希特勒右手突然收回胸前，又迅速有力放下，手勢與話音同時結束，好似指揮家一個漂亮的終止手勢。他在演說中途會適度停頓，讓群眾配合插入歡呼、掌聲、鼓聲、應答聲。希特勒演說的夜場，會場四周是巨幅納粹旗幟垂掛，明暗對比強烈的燈光爲「元首」打上一層神祕色彩，台上搏命演出，台下如癡如狂，忘我的歡呼聲、口號聲響徹雲霄，直抬敬禮的手臂形成浩瀚的森林，有如參加一場搖滾巨星音樂會，或是在甜美的愛情中、在超凡入聖的宗教經驗中，觀眾在迷狂中感到消失了自我，和無邊無際、海洋一般廣大的幸福合而爲一，滿足了被征服的欲望，找到了自願臣服的對象。

扮演領導中心，希特勒具備由極度自戀而產生的頑強自信。他的國家主義、民族主義信念，終生未曾動搖。不論同志如何質疑、對手如何攻擊，他永遠堅持信念。在處理人際關係方面，他處處展現支配性格。在納粹黨內掌權時，他便要求黨內同志對他絕對服從。他處理感情的態度也是支配。他深愛的兩個女人——外甥女吉莉·拉波爾與情婦愛娃·布勞恩，先後因爲不堪他的長期禁錮，舉槍自盡，前者自殺成功，後者獲救，直到一九四五年在柏林總理府碉堡和他一同自殺身亡。

希特勒有著鋼鐵的意志來執行自己的決定。幾次重大的軍事決策，是在德國將領

柏林市中心威廉皇帝紀念教堂，展示著戰爭對德國造成的傷害。

一片反對、膽戰心驚下做成：一九三六年發兵占領萊茵地區；一九三九年不惜引起英、法向德國宣戰，占領波蘭；一九四一年不顧拿破崙征俄慘敗的歷史教訓，基於消滅東歐猶太人、拓展德意志生存空間的理念，下令攻打俄國。一九四四年，東西兩線德軍潰敗，大勢已去，希特勒斷然否決德軍將領提出的和談建議，德國軍官們發動了一場刺殺希特勒的政變，以失敗告終。也是這鋼鐵的意志，造成他一錯再錯，終致敗亡。

搞政治運動，希特勒善於審度時勢。一九二三年，他領導納粹黨發動「慕尼黑啤酒館政變」失敗，領悟到欲奪大位以完成天賦使命，必須先循法律途徑得到權力，再修改法律集大權於一身。他的規畫能力、組織能力卓越。作為民主體制下的政客，希特勒深通在政見採取權變，以討好各階層選民。

希特勒的另一手策略是鬥爭，《我的奮鬥》提出的鬥爭策略是造成敵人「精神上和肉體上的恐怖」，一直到攻擊對象失去抵抗意志。希特勒執政前由衝鋒隊行使暴力對付政敵與猶太人，執政後由黨衛軍執行特務恐怖統治。有一個鬥爭策略，希特勒一直在實踐而沒有明說的：對他人在精神上的最大打擊，莫過於標榜自己與生俱來、對方永不可能得到的條件：血統。這種打擊方法，可使得對方深陷絕望境，啞口無言。對於當時的德國人，這是補償自卑感、自我膨脹的最廉價方法。大屠殺之所以罪孽深

<《希特勒背后的人》，上海譯文出版社。

重，除了受害人數量龐大（六百萬人）、精密的分工合作、手法冷血、舉國輿論坐視，對於受害者來說，更是一種逃無可逃的恐怖，因爲你無法改變你的出身、你的血統來免除迫害。

納粹德國一方面對猶太人、吉普賽人等「劣等人種」進行「最終解決」，一方面著手實現希特勒的優生學狂想，推行一夫多妻，以生下更多的純種亞利安人。納粹黨衛軍曾經在德國和歐洲占領國建立「生命之泉」中心，這個機構性質有如種馬場，專門收容亞利安種未婚媽媽，爲德意志帝國培養優秀人種。成千上萬「希特勒的孩子」在戰後流落各方，下場悲慘。

希特勒一生爲幻想所支配，他的幻想支配了他的國家，影響了歷史進程。二戰末期，面臨末日，他的因應方法還是幻想。他要模仿華格納樂劇《諸神的黃昏》結局：神所生的英雄齊格菲死後，火葬的火焰燒到天庭，諸神所居住的瓦哈拉城堡倒塌，大火包圍諸神。希特勒說道「如果戰爭失敗，日耳曼民族也該滅亡」，在一九四五年三月下令摧毀德國所有軍事、工業、公共設施。許多部屬並未奉行這道命令。

邪惡會僞裝。在三〇年代的中國，知識界只看到希特勒帶領德國走出沮喪與貧困，紛紛產生仰慕之情，《我的奮鬥》譯成中文。歷史學者馬振犢、戚如高合著《蔣介石與希特勒》一書指出，那個年代的國民黨大老張繼，竭力主張推舉蔣介石成爲

《蔣介石與希特勒》，東大出版社。>

「中國的希特勒」。書中引述史料顯示，希特勒在一九三六年五月十三日爲中德友誼合作致函蔣介石，表示對蔣「傾仰已久」。蔣在一九三六年九月七日致函「希特勒總理」，感謝希特勒派遣全權代表萊謝勞將軍來中國，自稱「荷蒙榮寵」，又感謝希特勒「賜予」國防軍榮譽寶刀。一九三七年六月十三日，蔣介石的私人特使孔祥熙在薩爾茲堡的「鷹巢」會見希特勒，尋求增進中德合作，中方的回禮包括一幅湘繡雄鷹圖——雄鷹是第三帝國的圖騰。

希特勒的形象在今日成爲禁忌。二〇〇三年，德國人羅蘭特．泰恩（Roland Thein）因爲教他的狗「阿道夫」舉起右爪行希特勒式抬臂禮，連同其他類似行爲，被柏林的法院依觸犯反納粹法律起訴。二〇〇四年，美國邁阿密的一名學童變裝成希特勒要參加萬聖節遊行，在當地引發爭議，鬧上媒體後作罷。

網際網路依然可以下載《我的奮鬥》，聽到希特勒演說錄音，瀏覽各種納粹標誌、納粹宣傳海報。當今的戰爭迷偷偷收藏德軍二戰時期軍服、武器模型。二〇〇一年，加拿大一個名叫幽浮（UFO）的宗教組織教主克勞德．福希隆，在德國媒體上宣稱將複製希特勒，理由是如此便能將希特勒送上法庭。俄羅斯國家檔案館保存著希特勒的頭蓋骨和下頷骨，他們擔心新納粹主義分子會千方百計取得希特勒的DNA來複製他。美國人則傳言恐怖大亨賓拉登正號召複製希特勒，打算用希特勒建立大軍或進行恐怖

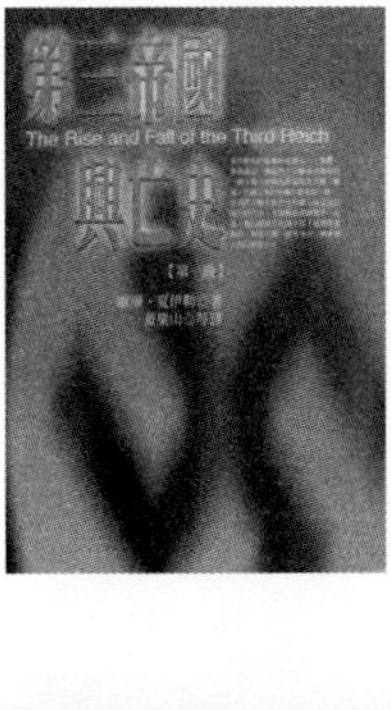

＜《第三帝國興亡史》，麥田出版社。

行動。

希特勒，這個被鎮壓的惡靈，與我們相隔著超過半世紀時間，卻打破了空間，持續散發邪惡的誘惑，引起報復的欲望，喚起恐怖的想像。

柯林頓：傷痕累累的偉大戰士

柯林頓，這個一度是這個星球最有權力的人，在所有的男人之上。不僅是他攀登到美國總統的位子，攻上權力的頂峰，他的睿智、靈活、談笑風生，更把這個職位幹得有聲有色，使得政治不再那麼嚴肅刻板。

有權力的人也是有魅力的人，因爲權力是強力春藥，追求權力的高超手腕同樣可以用來追求女人而無往不利。婚前婚後，柯林頓緋聞不斷，花名與威名並駕齊驅，更令全世界男人自慚形穢。

結果，柯林頓在白宮橢圓形辦公室結交了一個大嘴巴女友陸文斯基，她把原該是兩個人的祕密講到全世界去，使得他從雲端上跌下來，被踩在所有男人之下，任世人笑罵，爲所有對婚姻不忠、搞辦公室戀情的男人承擔苦難。獨立檢察官史塔調查此事所提出的《史塔報告》描述了口交、電話性愛、沾染精液的衣服，把總統和他的情人打入《花花公子》雜誌畫面。即使是嚴肅的歷史學家，若要研究柯林頓，也不得不研

物的清晰畫像。讀這部報告，在臉紅心跳、腦部充血之際，在強烈的同情或憎惡之間尋找這個複雜人

「很多人都扔石頭砸過我。通過自己製造的創傷，我被暴露在世人面前。從某種程度上說，這也是一種解脫——我再也沒有什麼可以隱瞞。」

這段沉痛的告白，像是愛爾蘭作家王爾德因同性戀醜聞入獄所寫的《獄中記》，驚鴻一瞥地出現在柯林頓回憶錄《我的生活》（李公昭等譯）。

柯林頓成為有史以來摔得最重的人。他是從雲端摔落大地，和柯林頓相比，台灣那些被八卦媒體偷拍爆緋聞的立委、藝人，只是從樓梯摔到地板上而已。

身為美國總統，醜聞帶來的恥辱，不僅是個人和家人要承受，還連累到工作夥伴，損害這個地球上有史以來最偉大的國家的顏面。在醜聞案哄傳全世界之際，他和英國首相布萊爾討論決定派兵轟炸南斯拉夫，他接見來訪的中國國家主席江澤民。這些連帶影響，會使當事人在良心上受到巨大的痛苦折磨。

我不相信在經歷這麼巨大的破壞、這麼多次的背叛之後，柯林頓的妻子兼政治夥伴希拉蕊對丈夫的感情能恢復到以往。他失去了最後的依靠。

這一切都因為柯林頓性格中的雙重性。他一方面是純真的孩童，一方面是深通權變的政治家。我只知道搞政治的人，特別是登上高位的人，一定是大權謀家，具有馬

基維利型人格、爲達目的不擇手段的行事作風，能夠獅子般冷血、狐狸般狡詐。通常這種大權謀家早已把性格裡的孩童部分謀殺掉了。柯林頓竟然保留了性格中孩童的部分，而且這個部分經常占了優勢。

一九九六年五月十六日夜裡，柯林頓總統打電話給已經轉到五角大廈上班的前白宮實習生的陸文斯基，這一天他剛剛得知好友海軍上將杰瑞米．褒達自殺身亡。此時的柯林頓情緒十分低落，而且覺得自己非常孤獨，在電話裡他悲哀地對她說，「假如你現在在我身邊就好了，我現在只想好好讓你擁抱我一下。」英國傳記作家安德魯．莫頓的《柯林頓的情人：陸文斯基傳》（*Monica's Story*，詹娟、嚴明譯）一書這麼記述。

對於一個冷血政治家來說，死了一個部屬應該像推倒一個兵棋那麼無關痛癢，多的是遞補人選。柯林頓此時卻流露了人性的溫暖。這種人性的溫暖，貫穿了柯林頓做的許多決策。

柯林頓與陸文斯基的交往長達兩年。他們交換禮物、互訴衷曲，一如平常的男女戀人。在這件事，他完全不具備狐狸性格。愛情是一旦發動了，它的發展方式將有如自由落體，不以人的意志爲轉移，一個四十九歲的男人難道不知道嗎？柯林頓爲了愛情付出信任，不避危險，沒有及早發現他交上的不是好聚好散的愛情舞伴，而是癡情女。發現之後，又未能及時了斷。安德魯．莫頓指出，陸文斯基讀大學時最受感動的電影是法國導演楚浮的作品《巫山雲》。這部電影講述法國文豪雨果的女兒亞黛兒．雨果走遍天涯海角窮追一個男人不得而發瘋的故事。陸文斯基被白宮幕僚發現她與總統的關係有異，把她開除。她到了五角大廈任職，仍千方百計要調回白宮，好接近總統。總統在良心掙扎下表明要和她斷絕來往，她就覺得天塌下來了。總統又像所有身陷情網的男人一樣，說分手之後又不捨，繼之以更溫馨甜蜜的復合，直到陸文斯基被好友琳達．崔普出賣，引進獨立檢察官史塔的人馬調查。

獨立檢察官史塔被反對者妖魔化，柯林頓對史塔耿耿於懷，並以陰謀論解釋史塔的行為。柯林頓最欣賞的電影是《日正當中》，在右派人士心目中，史塔何嘗不是賈利．古柏飾演的那位獨自奮戰匪徒的警長？柯林頓與史塔的慘烈戰鬥，是古羅馬角鬥士的生死決鬥，找不到正義的一方，只找得到存活下來的一方。

柯林頓的政治生涯是充滿衝撞與傷害的橄欖球賽，台灣患潔癖的政治人物卻以為政治是一場對手不必觸身的田徑賽。在柯林頓一九九二年第一次競選總統時，《紐約時報》揭發了白水土地交易利益輸送案。在競選活動中，柯林頓向媒體承認在英國牛津大學時吸過大麻，但沒有吸進肺裡，被批評有人格問題。寶拉．瓊斯控告性騷擾案一直糾纏他到第二個總統任期的後期。在政敵重重打擊之下，柯林頓依然做出並有效

《我的生活》，譯林出版社。>

執行許多富有理想主義的政策，不論是內政或外交。

從大眾媒體看到了柯林頓的情感力、柯林頓雄大的企圖心，一般人可能忽略了柯林頓的知識的力量。柯林頓資訊靈通，嗅覺敏銳，判斷力強，要歸功他的勤奮好學。前白宮安全顧問理查德．克拉克在討論美國反恐政策的《反擊一切敵人》（*Against All Enimies*，倪峰等譯）一書指出：有人說小布希總統不愛讀書，晚上十點準時睡覺；他則經常發現柯林頓總統已經讀完最新的書或手邊雜誌的主題文章。有一次，柯林頓告訴他前天晚上已看完哥倫比亞作家馬奎斯寫的新書。克拉克也想買一本，才知這本書尚未出版，柯林頓看的是校樣。

柯林頓自述他對伏都教、神祕主義興趣濃厚，對生命的意義積極探究。在墨西哥度蜜月時讀的是歐內斯特．貝克爾的《拒絕死亡》一書；在彈劾風暴期間，他讀羅馬哲學家皇帝馬可．奧勒留的《沉思錄》尋求心靈慰藉。他相信「世界上活躍著一種非物質的精神力量，這種力量在人類之前就已存在，而我們在地球上消失之後，這種力量還將永久存在」。

捧著柯林頓回憶錄《我的生活》（*My Life*），看它的磚頭厚度、它的書名，人們會期待它是情聖兼冒險家卡薩諾瓦的《我的人生故事》（*The Story of My Life*）現代版。抱著這種心情翻閱，你會覺得這本書描寫詳盡卻無料可爆。美國亞馬遜網路書店的讀者

<《我的愛情》，作家出版社。

評論，有高度讚美的，也有懷著成見的人認爲書名應該叫做《我的謊言》（*My Lies*）。在我看來，《我的生活》是柯林頓歷經陸文斯基醜聞案人格被毀滅之後，在廢墟上重建的智慧寶庫。

柯林頓是一個傷痕累累的偉大戰士，當代沒有第二人。分配金錢、行使大權、享受情愛，以及追尋信仰，男人所嚮往的一切，柯林頓有最深刻的體會。他像浮士德，完成了全面性的生命旅程。

畢卡索：人獸嵌合體

畢卡索有一對圓睜的大眼，是他的故鄉安達魯西亞的公牛之眼，那雙眼睛永遠在注視他的獵物，使對方動彈不得。

畢卡索有一雙強勁的巧手，是他的星座天蠍座的蠍螯，在畫布上捕捉看不見的意念，痛擊他的敵人。

畢卡索有多條腿，每一條腿踩著一個女人。

「我，畢卡索」，擅長戀愛，也擅長戰鬥。熱中創造，也熱中毀滅。他用繪畫記錄內心人性與獸性的交戰。

他是天才，而且是在世時財富、名聲、女人數量都達到巔峰的天才，所有文學家、音樂家、藝術家的境遇都不如他。

畢卡索是二戰之後畫展辦得最多的畫家。他點石成金，在畫布上獨力創造他的財富，寥寥幾筆富有韻律的線條，就能架構成一件珍品。他一生創作了兩萬多件素描、彩畫、雕塑、版畫。一九七三年，畢卡索以九十二歲高齡在法國慕鄉辭世，法國一九七七年鑑定畢卡索遺產價值十二億五千餘萬法郎。二〇〇四年，畢卡索二十四歲完成的作品《拿著菸斗的男孩》在紐約市蘇富比拍賣會以一億零四百萬美元賣出，創史上天價。上個世紀末以來，全世界拍賣價格最高的十幅畫中，畢卡索的畫一直占了好幾幅。

許多自成一家的藝術家一輩子只畫一種風格。評論家把畢卡索的畫風粗分為「藍色」、「粉紅色」、「原始主義」、「立體主義」、「新古典主義」、「變形」、「表現主義」、「田園」八個時期，他的每一個時期創作成果都抵得上一位不朽畫家，他一人至少可抵八位不朽畫家。

畢卡索在畫家父親的栽培下，十六歲就把學院派技巧發揮到極致。我在巴塞隆納的畢卡索美術館看過他當時轟動西班牙畫壇的《科學與慈悲》，這幅少作，構圖、光線、配色、周密的細節、生動的人物神情、豐富的戲劇性，在在達到經典的品質。

使畢卡索有別於藝術史上其他畫家的，竟然是女人，或許還包括鴉片。這都發生

（上）巴塞隆納畢卡索美術館，在雨天遊客依然絡繹不絕。
（左）畢卡索美術館是十三世紀的宅邸改建。

他在一九〇一年到巴黎闖蕩之後。

畢卡索青年時期的情人菲南蒂在回憶錄《親密回憶》指出，她在一九〇五年搬到畢卡索住處和他同居時，畢卡索已經在吸鴉片，直到一九〇八年因一場悲劇而中斷（引自《畢卡索：生命與藝術》，皮耶·戴著，唐嘉慧譯）。畢卡索一九〇五年作品《拿著菸斗的男孩》，男孩表情迷茫陶醉，那是吸鴉片的反應。這令人強烈懷疑，畢卡索畫中變形的人物，包括驚世駭俗的妓院寫照《阿維農姑娘》（一九〇七年），要歸功於吸鴉片產生的幻覺，使他窺視到變形的世界。

女人是畢卡索人性與獸性的容器，他對待藝術與人生的態度，統統反映他對待女人的態度。畢卡索的藝術生涯要用女人來分期，只談作品而不談情史的畢卡索傳記，只是贗品，讀來有如吞嚥脫水蔬菜。

「我，畢卡索」，有著一對受過繪畫訓練的眼睛，我擅長挑選女人，在她們身上發現美與個性。

畫室是畢卡索的陷阱。他把女人引誘到畫室中，勸誘她們當他的模特兒，爲她們畫像。早年的情人，欣賞他的天才而進入他的畫室；畫家中、老年時期，獵物更難以抗拒他的赫赫名聲：與大畫家交往、自己的形象進入藝術而不朽！一九二七年，四十五歲、已婚的畢卡索在巴黎街頭邂逅十七歲的瑪麗—特海瑟，他抓住她的手臂說「我是畢卡索！妳和我將共同有偉大作爲」（唐嘉慧譯），瑪麗—特海瑟自此當了九年的「畢卡索的女人」，以豐腴優雅的形象進入畢卡索的畫。瑪麗—特海瑟與畢卡索生了一個女兒瑪雅，爲他變心鬧過自殺。畢卡索死後四年，瑪麗—特海瑟以自殺結束生命。

畢卡索的愛情生活沒有空窗期，沒有所謂忠誠。他一生只對藝術忠誠。誰說同一時段只能和一個對象談戀愛？那陳腐的遊戲規則，是爲庸才設的，就像古典繪畫中一個人只能有一張臉的規則。

畢卡索畫中的女人都是現在進行式。他不畫過去式，不戀舊。他不屑於不捨舊情的小情小義，那是凡夫俗子的事。

菲南蒂是畢卡索在巴黎「洗衣船時期」的情人，她與畢卡索在一九〇五年同居，一九一二年分居。畢卡索在她陪伴下，結束了憂鬱悲觀的藍色時期，創作了代表作《阿維農姑娘》。菲南蒂之前，畢卡索有一個小情人麥德琳，他爲麥德琳畫過水彩畫《粉紅色的母性》。

與菲南蒂交往期間，畢卡索把艾娃從她的男友身邊奪來，一九一二年與艾娃同居，在靜物畫題上「我愛艾娃」，爲她畫了【我的美人兒】系列。艾娃在一九一五年病逝。

畢卡索在一九一七年結識芭蕾舞者歐嘉，次年結婚。兩人個性南轅北轍，一個是橫衝直撞的西班牙公牛，一個是重視秩序的俄羅斯貴族。畢卡索畫中歐嘉端莊卻固執，隱約透露著丈夫的反叛意圖。一個遭背叛的妻子的憤怒，後來反映在畢卡索畫中。他們在一九三三年爲瑪麗—特海瑟即將生產而分居。

瑪麗—特海瑟生下女兒後，畢卡索在一九三六年與聰慧的女畫家朵拉相戀，他背著情婦與新女友偷情，這段感情在二戰戰火中益加熾烈。畢卡索一九三七年創作曠世巨作《格爾尼卡》，爲他拍照記錄創作過程的是朵拉，他在《格爾尼卡》安排的一位女性角色，畫面中央擎著油燈照亮災難世界的女人，正是朵拉。畢卡索爲朵拉畫肖像，也爲瑪麗—特海瑟畫肖像，向情人平均分配他的天才。

與朵拉交往期間，畢卡索分享了詩人好友艾呂雅的妻子納希．艾呂雅，她以癡呆怪異的形象出現在畢卡索畫中。

畢卡索喜歡用鬥牛暗喻人生，這是西班牙塞維爾市的鬥牛表演。

瑪麗—特海瑟雖然由畢卡索安排和孩子住在外地，她曾經跑到畢卡索在巴黎的畫室，和朵拉爭風吃醋，發生肢體衝突。朵拉也善妒愛鬧，畢卡索冷酷地畫出她悲慘的轉變，一九三七年名作《哭泣的女人》，唯有飽經女人情緒風暴、承受著身爲男人的苦惱，才能將那種毀滅性的哭泣刻畫得那麼驚人。朵拉在戰爭末期因畢卡索另結新歡，精神崩潰。

畢卡索戰後的新歡是馮莎絲，那時他同時擁有朵拉、馮莎絲兩個情人，又要照顧歐嘉、瑪麗—特海瑟這兩個家庭。馮莎絲與畢卡索的感情維持了十年，和他生了兩個孩子，最後還是決定離開他。

一九五一年，珍娜薇成爲七十歲的畢卡索的新情人，畢卡索爲珍娜薇畫了系列肖像，那時馮莎絲尚未與畢卡索分手。畢卡索一九五四年與離婚婦人賈桂琳同居，爲賈桂琳創作了油畫、石版畫。畢卡索八十歲時與賈桂琳結婚共度晚年。

光是兩個女人就足以夾殺一個男人，讓他身敗名裂、生不如死，畢卡索卻能同時周旋在一組女人之間，照樣創作。因爲，他是畢卡索，雖然他的西班牙同胞達利不需要不斷換女人，一樣成爲巨匠。畢卡索把舊情人來信朗讀給情人聽，試圖挑起新情人的妒火；他用情人做模特兒畫裸女、畫性愛；他把兩個情人畫在同一幅畫中，透露著多妻主義的夢想；他把新情人和老情人的肖像畫同時展出；他的作品屢屢表現男人與女人的鬥爭。他把離經叛道的生活，加上幻想的強化，轉為繪畫；他又在生活中實踐他的畫中狂想，實驗男女關係能夠變形到什麼程度。他在自己的繪畫中化身為牛頭怪，這個人獸嵌合體，象徵獸類旺盛的性欲，既好鬥又好觀鬥。

他的名言是「我不用尋找，我發現」。其實他的祕訣是他窺視，再讓觀衆窺視他窺視的過程。畢卡索說過，他用繪畫寫日記。他的繪畫藝術效果不是讓觀衆愉悅，而是挑釁。觀賞畢卡索的繪畫，觀衆經驗到偷窺的快感，又聯想到此時看不見的其他人正在偷窺自己的窺視。偷窺大師畢卡索建立了無限的偷窺與被偷窺的關係。

獸性還包括唯我獨尊。現代男人只會用手機自拍性愛，若不愼被發現還可能成為通姦證據。畢卡索用畫筆錄下的姦情，都是藝術。他在畫中化身牛頭怪，占有新女友，或化身牧神揭露新女友。他是天才，只有他有權偷窺情人公諸於世，不論是謳歌還是踐踏情人形象，因為那會流傳後世。他從藍色時期開始創作情色速寫、一九六〇年代畫陽具、畫群交，也是把生活的背德昇華為藝術美德。情人則不可以發表偷窺畢卡索的紀錄，那樣做不入流。舊時情人菲南蒂在一九三三年出版回憶錄《親密回憶》，馮莎絲一九六四年出版回憶錄《與畢卡索共同生活》，分別為畢卡索當時的妻子歐嘉、賈桂琳帶來重大的精神打擊，畢卡索都曾在事前極力阻止，並對舊時伴侶的行為深表不齒。

畢卡索的人性，表現在他的平衡感。他在混亂的感情生活中創作不懈，並積極參與社會運動，沒有精神崩潰成爲可憐的梵谷，沒有遠走他鄉成爲憤世的高更。那是走鋼索橫渡尼加拉大瀑布的絕技。世局滔滔，他全神貫注，畫筆是他的平衡桿，畫布是他的鋼索。

畢卡索的藝術與生活把陳規破壞得那麼徹底，面對公衆事務，他又堅守原則。

二戰期間，畢卡索落腳的法國被納粹德國占領，名滿天下的畢卡索拒絕納粹當局的誘惑，成爲歐洲左派精神領袖。他在一九四四年加入共產黨，理由是他要對壓迫者抗爭。他痛恨西班牙佛朗哥政權，只要佛朗哥當政，他絕不回故土。自詡革命鬥士的畢卡索，在畫布上開闢自己的戰場，向強權抗爭：《佛朗哥的夢幻與謊言》唾棄獨裁政權，《格爾尼卡》批判

巴黎是畢卡索的主要舞台，龐畢度中心一旁的雕塑噴泉有現代藝術風格。

納粹空軍轟炸西班牙平民村落的暴行，《停屍間》反映納粹集中營大屠殺的慘絕人寰，《韓國大屠殺》抨擊美國派兵介入韓戰，八十一歲時在古巴飛彈危機聲中創作《劫掠薩比奴女人》，諷諭美國帝國主義。他工作直到垂暮之年，以藝術向死亡作抗爭。少有藝術家像畢卡索，雖老而未朽。

畢卡索是性、暴力、死亡的發現者。他以高超的藝術技巧表現通俗的感情，人們在畢卡索的畫中發現自己的映像。當我來到西班牙馬德里的蘇菲亞王后美術館，面對《格爾尼卡》，在黝暗的燈光下觀賞這幅巨畫，感到戰爭直衝而來，我聽到畫中受難的人物在驚叫、在哀號，畫外有戰機群呼嘯而過，投下重磅炸彈，世界淪入黑暗。畫面左方那頭公牛，巨眼充滿哀憐，彷彿是畢卡索的化身，他在審美的維度迎戰世間的混亂，憑著個人意志調和了人生各種不幸。

從台灣看超現實達利

西班牙超現實主義畫家達利的畫作，屢次出現漂浮的物體，構成怪誕的符碼。我們這個漂浮的島國，到了二十一世紀終於有緣一睹超現實主義畫家達利的油畫、水彩畫：「魔幻．達利特展」二〇〇一年元月二十日在故宮博物院登場。

這項展覽由西班牙費格里斯達利劇院美術館（Dali Theatre Mesuem）借展。二〇〇〇年六月，達利作品首度進入中國大陸，北京中國美術館「薩爾瓦多．達利繪畫原作展」的展品同樣借自達利劇院美術館。中國人爭睹達利，中國媒體熱烈談論達利，且形容這項展覽「火爆收尾」。

達利生前性好整人惡作劇，身後又開了中國人一個小玩笑。兩岸華人先後盛大歡迎他的作品首次來訪，恭迎的其實是他所有畫作中的中下品。達利劇院美術館以超現實主義建築風格及館內裝置藝術著稱，至於館藏畫作，除了繪在美術館穹頂的天頂畫《風之宮殿》無法搬運，千里迢迢運來的、航空公司如臨大敵裝箱開箱的，沒有一幅畫作堪稱達利代表作。

設在大畫家故鄉、頂著畫家大名的美術館，館藏竟然沒有一幅畫家的代表作！館藏的達利畫作，則很少收入市面上介紹達利的畫冊。

我在巴塞隆納的畢卡索美術館欣賞到畢卡索重要早期作品《科學與慈悲》以及【宮女】系列。我走訪巴黎的羅丹美術館，一進庭園就是羅丹的著名雕塑《地獄之門》、《沉思者》迎接藝術朝香客。我曾經兩度參觀阿姆斯特丹梵谷美術館，四壁更是蒐羅了梵谷各時期代表作，梵谷「神聖的瘋狂」包圍著參觀者。達利的代表作，包括我們熟知的圖像：《記憶的堅持》、《柔軟的建築結構和煮熟的蠶豆：內戰的預感》、《火焰熊熊的長頸鹿》、《飛舞的蜜蜂所引起的夢》，以及他鼎盛之年的宗教畫，都不在達利劇院美術館的館藏名單。

達利代表作，都在他生前賣掉賺錢去了，他未曾爲自己保留重要作品。達利身後也因爲畫價太高，他的同胞無力購藏代表作來集中展示。

那些劃時代的達利作品，有相當比率是賣給美國人。達利熱烈擁抱這個國家，二戰期間來此定居，八年之間，把美國的凱子們唬得團團轉，畫家自己則荷包滿滿。

「貪圖美元」，這是超現實主義旗手、法國詩人布雷東（Andre Breton）對超現實主義畫家達利的酷評。

布雷東一九二四年在巴黎發表〈第一次超現實主義宣言〉，領導巴黎的一個超現實主義團體。超現實主義受佛洛依德的潛意識理論與法國哲學家柏格林的直觀主義啓迪，布雷東將超現實主義定義爲「純粹精神的潛意識活動」，主張不受理性束縛，擺脫道德和美學的成見，自由表達思想。達利曾經是這個團體的一員，幾年後，這個團體後來以理念不合開除了達利。

團體成員之一，西班牙大導演布紐爾，曾經與達利合作拍攝電影《安達魯西亞之犬》（一九二八）、《黃金時代》（一九三〇），後來與達利分道揚鑣。這位正直的

西班牙費格里斯市的達利美術館，外觀怪誕。

大導演在《布紐爾自傳》（劉森堯譯，遠流出版社，一九八九初版）這麼論定達利：「儘管我們年輕時代在一起的記憶是那麼美好，我個人也很崇拜欣賞他的大多數作品，但是每當想到他的自私自利，他的表現狂，他對法西斯黨的支持，以及他對友誼的不尊重等等，就覺得我永遠沒辦法原諒他。」

布雷東、法國詩人艾呂亞（Paul Eluard）等超現實主義健將，政治立場是站在共產黨這一邊，主張藉由超現實主義運動推翻資本主義社會。達利背叛了超現實主義的精神，甘爲資本主義社會奴僕。除此之外，達利還搶走了超現實主義詩人艾呂亞的俄籍妻子卡拉做自己的終身伴侶。達利的老爸與他一向關係緊張，此事導致父子翻臉。

達利背叛了超現實主義嗎？從擁護這個主義到顛覆這個主義，達利可謂實踐了「超現實主義之惡」。布雷東在一九二九年發表的〈第二次超現實主義宣言〉說：「最簡單的超現實主義行動就是拿把手槍，衝到街上，向人群亂射一通，扳機要扣多快就扣多快。」達利奪人之妻，此舉實爲「簡單的超現實主義」行動。再說，賺美國人的錢有什麼好客氣的？這個國家是資本主義的大本營，國民中文

達利美術館外的露天咖啡座。

盲的比率卻不低，連公元二〇〇〇年投票選舉總統的時候，在票卡上打孔都打不準。對達利而言，既然打不倒資本主義，那麼就狠狠賺這些「肉腳」一票，然後拍著鼓鼓的荷包，揚長而去！

說到達利的表現狂，達利的傳記作者總不會忽略達利的幾個驚人之舉。一九三六年在倫敦的「超現實主義大展」，達利應邀演講，爲了解釋潛意識理論，他穿著潛水衣上台，幾乎把自己悶死。一九三九年在紐約，達利接受百貨公司委託設計櫥窗，因爲不滿百貨公司擅自更動作品，打碎了櫥窗玻璃，被警察逮捕。他且曾經牽著兩隻獵豹上游泳池。一九五四年達利在羅馬舉行畫展，把自己裝在箱子裡讓人抬著遊行，然後在衆目睽睽之下開箱現身，做爲他的重生儀式。

達利這些行動，不論臨時起意或蓄意，都是詩，超現實主義的詩。

達利生平愛作秀，愛整人，是將他的爲人與藝術統一。如果行爲彬彬有禮，進退有據，長期壓抑潛意識，他創作時如何表現潛意識活動，如何揮灑「偏執狂批評法」？何況，在達利眼中，這個世界本來就是瘋狂傾倒，群魔亂舞，欲望氾濫，好比十五世紀法蘭德斯畫家波希（Bosch）的名作《樂園》。這幅大型三聯畫收藏在馬德里的普拉多美術館，是當代西班牙畫家必然借鑑的對象。原作的色調比我們通常在畫冊看到的更陰森。達利比這個世界更瘋狂，反而能證明他很正常，是這個瘋狂世界的超級大國民。達利畫作中有許多怪誕意象是仿自波希的畫作，他更自詡爲「現代波希」。

達利的宣傳方式，在今天看來已屬古典主義。在台灣，政客和演藝人員最擅長製造話題，自我炒作。政客投身選舉的時候、演藝人員推出專輯之際，宣傳花招層出不窮，針對對手扒糞者有之，製造八卦自我宣傳者有之。至於高品質的藝術作品，若是不能形成話題，激起消費者的好奇心，只有束諸高閣了。達利早就爲優秀的藝術家出了一口氣。

台灣社會洋溢著簡單的超現實主義精神。我們看到台灣人爲醫療糾紛到醫院拉白布條、丟雞蛋、噴漆。我們看到意外災害犧牲者的家屬向肇事者撒冥紙、播放哀樂、抬棺抗議。更有媒體報導，坐冷板凳的副總統半夜打電話向媒體界人士說：「總統府有緋聞，嘿嘿嘿！」這才是潛意識欲望的大解放。

潛意識的欲望，若不以藝術的形態昇華，直接付諸行動，就會成爲惡行。欣賞達利的行動藝術、達利的繪畫，可讓我們以無害的、審美的方式釋放潛意識。

超現實主義並沒有隨著達利的逝去而沒落，它的美學觀念、表現手法浸透了當代藝術、文學，乃至電影。拉丁美洲的魔幻寫實主義文學，發端自巴黎的超現實主義，是由流亡巴黎的古巴作家卡彭鐵爾、瓜地馬拉作家阿斯圖里亞斯帶回拉丁美洲，進行創造性的轉化。台北曾經放映的好萊塢電影《入侵腦細胞》，充滿了瑰麗怪誕的影像，

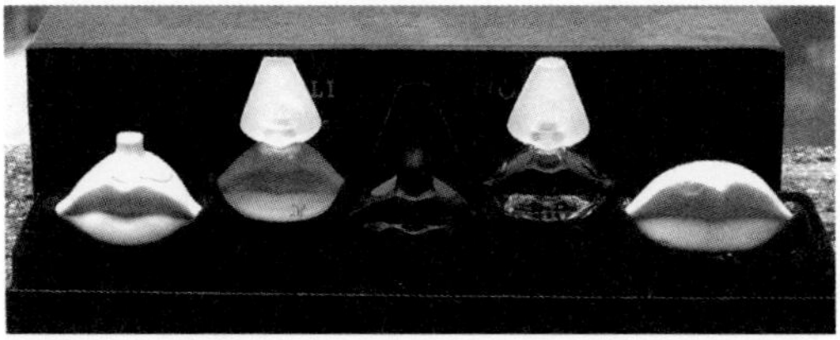

達利美術館的紀念品，印有達利簽名。

（右）達利美術館富於超現實風。
（中）達利的家鄉費格里斯郊區，有荒涼的意味。
（左）大畫家的家鄉，連街頭賣的畫都有相當水平。

令人目不暇給，導演想必醉心超現實主義繪畫。台灣的插畫家幾米深受年輕人喜愛，他的畫風，自由組合邏輯上不相干、感情上卻能交互影響的意象，也有超現實主義的影子。超現實主義不再是運動，不再是主流，卻是我們每天面對的眞實，我們每天晚上做的夢都是超現實的。達利教我們認識自己，認識我們所處的世界。

達利的繪畫，溫柔與狂暴並存，色欲與虔誠共生，繁複中不失勻整，把超邁卓絕的想像建立在最縝密的寫實基礎上。例如，達利的名畫《記憶的堅持》，那懸垂在枯樹枝上的軟鐘，在他精確的筆觸下，柔軟的質感像極了餃子皮，時間於是消解，記憶於是永存。如同作家癖好擺弄雙關語，文采斐然的達利，也在畫中營造模稜兩可的構圖。軟鐘、背脊著火的長頸鹿、肢體糾結的人體、從張大的魚嘴躍出的猛虎、飄浮在空中的耶穌受難像，達利為世人創造了許多一眼望見就永誌難忘的圖像，為他的時代作出最佳詮釋。

儘管來自達利家鄉的畫不免使我們有「不見上品」之憾，儘管達利這個人無法滿足我們對畫家藝德的要求，只要親睹達利原作，參觀者還是能夠接收到一個強烈的訊息。那是狂人達利的魂魄以超現實主義的口吻在說：「我就是天才！你是要怎樣？」

緋聞與警句之王：王爾德

愛爾蘭的天才作家王爾德一八八二年訪問美國，通過海關的時候撂下一個警句：「我沒有什麼要申報的，除了我的天才。」王爾德的靈魂伴隨世人跨入另一個千禧年，他要向世人申報供收取關稅的唯一項目，還是他的天才。

二〇〇〇年，王爾德逝世百周年的十一月三十日，這位不算「偉大」的作家重新被世人熱烈追思。英國、愛爾蘭舉行系列活動紀念他，法國對這位客死巴黎的作家舉行了彌撒和墓地獻花儀式，王爾德的書信集在英美新出版。文學書市甚爲清淡的台灣，出版社也紛紛推出王爾德的小說譯作，以「擴大內需」來刺激景氣。

這位不世出的小說家、劇作家、美學理論家、詩人、童話作家，是在身敗名裂、貧病交迫之下死於巴黎河左岸的一家旅館。看到他今天這般被熱烈擁戴的場面，妙語如珠的王爾德如果地下有知，不知會發出什麼警句諷刺一番。對了，他生前說過：「現今每個好人都有門徒，而總是由猶大（出賣耶穌的門徒）來爲他立傳。」（《作爲藝術家的批評家》，作者自譯）頌揚王爾德的後代人，莫不中了這個文字高手生前預設的機關，成爲出賣耶穌的猶大。

後世很少用「偉大作家」一詞來形容王爾德。其實，作家需要的是受讀者喜愛、捧讀，而不是受讀者敬畏，成爲作品被談得最多、讀得最少的「偉大作家」。作家應該追求與讀者同呼吸，而不是凌駕讀者成爲上帝。一個人一旦「偉大」起來，就會成爲王爾德這種「並非偉大」作家的嘲諷對象。上帝便是被藝術家們嘲諷得最多的人物。

王爾德因爲與道格拉斯爵士發生同性戀緋聞事件，一八九五年被英國法院依妨害風化罪判處兩年徒刑，入英國里丁監獄服刑，出獄後流亡法國。在當代歐美同性戀運動者眼中，王爾德是個殉道者；對後世藝術家而言，王爾德爲他們的墮落預留了最美麗的藉口。「爲了詩而自毀，乃是一種殊榮。」（《格雷的畫像》，徐進夫譯，晨鐘出版）王爾德其實是個雙性戀者，在婚姻中發生同性戀而爆出緋聞。如此曠世奇才，若無背德之舉爲家人帶來痛苦與羞辱、爲藝術家承擔罪惡與苦難，豈不有負上天美意。唯美大師生前遊戲藝術兼遊戲人間，且有著述爲證。他的放蕩，意義深長；他的自大，義正詞嚴。

許多讀者都是在兒時讀《快樂王子》童話集而初識王爾德。「快樂王子」那種捨己爲人的良善情操，深深感動著無數幼小心靈。當我們長大後，發現寫出血腥淫邪的

《美少年格雷的畫像》，遊目族出版社。>

舞台劇本《莎樂美》的，竟然是同一位作家，必定對作家的兩面性格感到強烈震驚。

莎樂美是《新約聖經》記載的猶太王希律的女兒。她苦於得不到施洗者約翰的愛，便跳舞取悅父王，父王依她的要求，砍下約翰的頭作爲犒賞。當她捧著約翰被砍下的頭顱說道：「啊！我吻了你的嘴，約翰。啊！我吻了你的嘴。你的唇上有一絲苦味。這是血的滋味嗎？不！要不然這就是愛的滋味。」（作者自譯）莎樂美藉著謀殺、戀屍來擁抱情欲，上帝先知的鮮血、紅唇、俊美臉龐，給予她最病態、最徹底的滿足。

這部背德、瀆神的作品，激怒了當時社會，王爾德一八九二年完成舞台劇，以及德國作曲家理查・史特勞斯一九〇五年根據王爾德劇本譜寫的歌劇，都遭到禁演命運。《莎樂美》現在已是英國唯美主義運動的經典之作，淩厲的劇力、火山爆發的激情，滿足了現今中產階級的潛藏欲望。莎樂美跳「七紗舞」至全裸的歌劇演出，也以LD影碟版本發行到台灣。從精神分析角度解釋，莎樂美以美色壓倒王者的權力，並奪走聖徒的性命，概括了傾國傾城女性的形象；莎樂美要求砍下施洗約翰的頭，砍頭象徵著閹割。這些都喚起了男人潛意識中的「恐女症」，所以男性藝術家對這個題材樂此不疲。

在藝術與人生，王爾德都是個叛徒、顛覆者。這位聰穎佻達的作家，在監獄中寫

<《獄中記》，廣西師範大學出版社。

的《獄中記》（孫宜學譯，業強出版），是他卸下了玩世不恭的面具之後，椎心泣血之作。

綜觀王爾德的作品，透露了他的性格中的二元對立因素：優雅與墮落，慷慨與貪欲，嘲謔與悲嘆。王爾德唯一的一部長篇小說《格雷的畫像》，演繹雙重人格，是英國作家史蒂文生《化身博士》的精采變奏。王爾德人生哲學盡在《格雷的畫像》，美文佳句不絕如縷，華彩段落令人目眩魂迷。喜愛搜刮王爾德警句的讀者，讀這部書有如走進了盛產期的觀光果園。

王爾德的警句，概括地道破我們隱隱約約意識到的眞理，有如禪宗的機鋒。有的是直球，例如：「自戀是一生的羅曼史的開端。」（《給年輕人的話與哲學》，作者自譯）有的是變化球，好比「羅曼史最糟糕的結果則是：它將使你變得太不羅曼蒂克」（《格雷的畫像》，徐進夫譯）。或是像這樣的句子：「到頭來，所有的女人都變得像自己的母親。那是女人的悲劇。可是沒一個男人像自己的母親。那是男人的悲劇。」（《不可兒戲》，余光中譯）

在王爾德之前，法國十七世紀作家拉羅什福科是警句大家，他的《道德箴言錄》有北京三聯書店的中譯本。王爾德可謂拉羅什福科之後最優異的西方警句作家，繼起的愛爾蘭劇作家蕭伯納，在深刻、幽默、睿智方面，較諸王爾德，遜色許多。

小說或劇本俯拾盡是警句，難免招致擦脂抹粉、賣弄才情的譏評。嚴肅作家講求含而不露的藝術表現手法。一本挪威劇作家易卜生的劇本、一部英國文學巨匠哈代的小說，是沒有幾個句子會吸引我們打上紅槓的。然而，回顧眾多偉大作家，他們留下卷帙浩繁的作品，對於一般的文學愛好者，可能比不過王爾德的一個警句來得揪心。王爾德的警句是嵌在作品中的，有情節、人物的前言後語作襯托，意味深長。我們欣賞一闋古典音樂，會期待優美的旋律浮現，期待演奏家在華彩樂段炫技。警句如同樂曲的優美旋律，有娛樂性，也符合任何有品味的讀者的期待心理。

王爾德在五四時代由陳獨秀等人介紹到中國，我手邊便有中國劇作家田漢翻譯的《莎樂美》。但是，王爾德提倡的唯美主義，畢竟不符合中國作家「感時憂國」的主流價值，並未在中國發揚光大。而移民社會的今日台灣，是不很重視藝術、不太講求美感、對低俗品味接受能力很高的社會，也並未產生有分量的唯美主義文學作品。

王爾德信奉「藝術至上論」，王爾德在作品中宣揚享樂主義，王爾德以菁英主義對抗平等主義，畢竟是一種菁英價值，缺乏中國寫實主義文學傳統所強調的人民性。當代中國作家學者談論王爾德時，總要附帶批判一番。王爾德又是個「恨女人者」，喜用警句奚落女人：「一個男人和任何女人相處都會幸福的——只要他不愛她。」（徐進夫譯，《格雷的畫像》）這也非台灣流行的女性主義者所喜。王爾德用藝術作武器，以描寫犯罪、頌讚罪惡來嘲笑中產階級的虛矯道德觀，這種譏刺在《格雷的畫像》最強烈。在台灣，中產階級道德觀以立法委員、新聞記者、某些文教基金會爲代表，他們隨時準備用媒體和法律清洗社會上新出現的王爾德。儘管王爾德的文字得到中國人社會的激賞，王爾德的叛逆精神始終受到中國人社會的壓抑。

王爾德的清新雋永，今天依然足以對抗後文化時代輕薄瑣細的文字。王爾德的嘲諷叛逆，依然是針砭上流社會的有力武器。王爾德「視藝術爲宗教」的信仰，則是每個時代社會菁英階層的精神依託。不過，王爾德是在藝術上行了奇蹟、在人生作了犧牲而成爲王爾德。並非每個私淑者都有王爾德的才具、王爾德的際遇。師法王爾德，選擇藝術家的生活風格、以審美價值爲人生最高價值，就要像耶穌的門徒保羅：深信先生的教誨，直至自己也能行奇蹟。或者，學那修煉有成的台灣民間道士：赤足攀登刀梯，但憑堅不可摧的信心來完成精采的奇蹟展演。

《莎樂美》，笛卡唱片公司。

翡冷翠百花聖母大教堂。

達文西也瘋狂

如果要帶著一個心靈依靠伴我走入二十一個世紀，我選擇達文西。

達文西，這位人類有史以來的完美典型、綿延五百年的天才象徵、不世出的畫家、解剖學家、建築師、植物學家、舞台設計師、數學家、軍事家、音樂家、作家，向歷史證明了人類可以將天賦發展到如此徹底、如此完整的地步。

世人對達文西的狂熱歷久不衰。近年來，比爾蓋茲不惜高價收購達文西手稿；美國的一群熱心人士，依照達文西的生前構想鑄造了「達文西之馬」銅雕，在一九九九年九月送給米蘭永久陳列。

達文西的代表作《蒙娜麗莎的微笑》，已成為氾濫的符碼，出現在中學課本、藝術家嘲仿之作、商品廣告中。

每當接觸這些蒙娜麗莎的分身，我總是慶幸自己在巴黎的羅浮宮看過達文西的原作——不是在旅行團領隊的催促下，而是一個人在畫家前，靜下心來，撥開氾濫的符碼對印象的汙染，慢慢審視。我想像著天才之手使用「暈塗法」，以四年心血，在畫布上一筆一筆畫出人類社會最美麗的謎，然後連他自己也被這個謎所迷，畫作完成後，決定保留在自己手上。

網際網路延伸到世界各個角落，各種資訊豐富易得，使人們對二十一世紀喊出「二度文藝復興」的寄望。提到「二度文藝復興」，我們還是要從達文西身上尋找典範。

國立歷史博館與德國杜賓根文化交流協會合作，在公元二〇〇〇年三月推出「李奧納多・達文西——科學家、發明家、藝術家」特展，以來自世界各國的兩百多件達文西相關作品，呈現天才的廣闊面貌。

大塊文化在出版的《7 Brains：怎樣擁有達文西的七種天才》一書（麥可・葛柏著，劉蘊芳譯），指出根據一項針對古今中外頂尖人物所作的研究分析，達文西的整體評分最高，超越愛因斯坦、牛頓、莎士比亞、歌德等人。

葛伯從藝術大師達文西的身上獲得啓示，發現了七項天才人物的特質：好奇、實證、感受、包容、全腦思考、儀態、關連。

書中指出，根據現代心理學的研究，「人類的頭腦每一秒可以學習七件事。並且如果運用得當，它還可以與時俱進，隨著年齡增長而進步」。

葛柏參照達文西的筆記，提出了開發這七項特質的方法，期勉讀者也能具備達文西一般的創造力。

現代社會是個高度分工的社會，專業化的趨勢不可免，我實在懷疑世界上還有誰會成爲今之達文西，在多項不同領域得到傑出成就。

我相信的是：一個人確立自己的「核心專長」後，廣泛培養其他方面的興趣與能力，協助發展自己的核心專長，必能超越同儕的表現，成爲佼佼者。例如，從事網站的經營，需要對大量的資訊做正確的取捨，一位人文素養深厚的網站經營者，對資訊必然能做更佳的判斷。目前人氣最沸騰的英文網站之一，大英百科全書網站，正是以科際整合見長。

學習達文西要趁早。在台灣升學掛帥、五育不均的教育環境，一個人如果對自己的核心專長有信心、對未來的願景明確，要發展達文西那樣的多樣的創造力，我主張最遲在大學時代就必須徹底擺脫對學校的依賴，甚至要設法減少制式教育對創造力的戕害、對時間與精力的消耗。台灣與美國的資訊巨子，有幾位就是這樣起家的。比

（上）翡冷翠是達文西成長的地方，這是貫穿城市的阿諾河。
（左）翡冷翠處處是美麗的雕像與廣場。

RISTORANTE

爾・蓋茲從哈佛大學休學專心發展電腦事業，乃至建立了微軟公司的霸業，是個極端的例子。

《7 Brains》提出了多種開發創造力的技巧，未論及從事創造性工作所需要的意志與操持。

要效法達文西，必須具備強烈的動機。除了「樂趣」，我想不到其他更強烈的動機能促成一個人持之以恆地工作。金錢的報酬操之在他人，名聲空洞而虛妄，這兩者都無法像樂趣那樣實在、長久。

法國雕刻家羅丹就認爲，「藝術家這個詞最廣泛的涵義，是指那些對自己所從事的職業感到愉快的人」（見《羅丹藝術論》，葛賽爾筆記，雄獅圖書公司，一九八一初版）。達文西的最高成就還是在藝術，羅丹也以藝術家爲人類的最高典範。

要擁有達文西的天才，就得具備藝術家的優良品質。羅丹指出：「藝術家的優良品質，無非是智慧、專心、眞摯、意志。」

實踐創造力，是個性發展的極致，是對教條束縛的突破，是摧毀既有秩序以重建新秩序。文藝復興是個崇拜知識、道德解放的時代，台灣社會並不很崇拜知識，道德只有解放的表象。而且，台灣社會對於發展個人創造力充滿了障礙。這些障礙，預料在二十一世紀不會減緩，只會變本加厲：

‧**拜金主義盛行**：我們通常以一個人賺進多少財富來衡量他的成就，而非以他達成了什麼事來衡量。金錢成為衡量人的價值的唯一尺度。最常見的現象是：媒體大篇幅報導某某人成立資訊公司，股票在國內或國外掛牌上市，股價一夕暴漲，市值高達多少元云云。台灣同樣有傑出的科學家、藝術家，對社會作出卓越貢獻，要是沒有賺到大錢，就不會像「資訊新貴」那般受到重視。這種扭曲的價值觀，對創造力的發揮傷害尤大。

‧**社會一致化**：傳播工具與交通發達加深一元的價值觀、齊一的生活方式，大衆的口味窄化，社群、個人變得愈來愈沒個性、缺乏創意。突出的個人、非主流的主張，不但得不到鼓勵，更受到打壓。近年興起的網際網路，就不斷上演這類事件。

‧**變相的社會控制**：各種獎項、研究經費，例如文藝獎、國科會補助，形成另一種控制，把個人才能

翡冷翠維琪奧宮外觀有如備戰的城堡。

誘導到一定的方向，損害了藝術創作與科學研究的獨立性、多元化。達文西得到貴族賞識，在精神與物質兩方面支持他從事創作，這種貴族在現代社會已絕跡。學界的定型思考、庸眾的通俗口味，主導了個人才能的發展方向。許多從事創造性工作者，只好從事「第二專長」應付生活所需，以在創作上維持起碼的獨立。

• **媒體的誘惑**：媒體能使一個人快速成名，卻也會分走了從事創造性工作所需的專注，誘惑創作者抄捷徑獲得名聲。當我在媒體上看到經常參加座談、主持節目的嚴肅作家，我不禁懷疑：他還剩多少時間閱讀、思考、寫作？他的作品如何維持不同流俗的品質？羅丹在《藝術論》一書勸告年輕人：「你們不要浪費時間，在交際場中或政治圈裡去拉關係。你們會看到許多同行，勾心鬥角，謀求富貴——這些不是眞正的藝術家；可是其中不乏聰明人。」如果和這些人爭名逐利，「那就再不剩一分鐘的時間給你們做一個藝

從翡冷翠山岡遠眺百花聖母大教堂。

米蘭大教堂。達文西在米蘭時期創作了許多重要作品。

術家了。」

• **虛擬世界入侵**：大眾媒體、網際網路為人們帶來大量間接知識，有助拓展眼界，這些片斷的、化約的、虛擬的世界，卻也誘發了人們的惰性，扭曲了人們對真實世界的認識，隔絕了人們對真實世界的接觸，截斷了創造力的泉源。《7 Brains》的作者，就鼓勵讀者接觸大自然、親炙音樂與美術正典。讀完了《7 Brains》，那麼就身體力行，把閱讀範圍延伸到達文西的原典《達文西論繪畫》（雄獅圖書公司，一九八一年初版）。

我們追求二度文藝復興，卻缺乏文藝復興時代培育天才的苗圃。我們欲效法達文西，卻發現要跨越那麼多障礙。這或許會令人氣餒膽寒，然而，跨越這些障礙，正是許多有志成為「廣義的藝術家」者的使命。除了按照《7 Brains》注意飲食的建議，服用蒜精以增加體力，我想到的依然是羅丹的話：「你們要熱愛你們的使命——沒有比這個使命更美好的了。它比世俗所想的高尚得多。」

與褚威格重逢

奧地利作家褚威格（Stefan Zweig，大陸譯作「茨威格」，一八八一～一九四二），在一九六〇年代創造了台灣出版界的奇蹟。他的中短篇小說集《一位陌生女子的來信》由沈櫻女士自英文譯本再翻譯出版，風靡一時，半年內印行了十版，八年內印行了二十餘版，現由大地出版社發行。〈一位陌生女子的來信〉這篇中篇小說，題材奇特、情感豐沛、敘事手法充滿魅惑，成爲台灣中生代書迷的共同記憶。

這篇小說表現的女子癡情，已難以打動習慣愛情速食的新新人類，「褚威格熱」燃燒了一個世代，復歸沉寂。在彼岸的中國，褚威格的知音遠多於台灣，他的小說、傳記文學等，陸續有中譯本推出，幾乎都是學者、作家直接自德文迻譯。台灣志文出版社一九九九年推出的褚威格小說集《一位陌生女子的來信》、《一個女人的二十四小時》（張玉書譯），以及米娜貝爾出版社同年推出褚威格的三部文學家傳記：《三大師》、《自畫像》、《與魔鬼作鬥爭》，都是中國學者直接自德文翻譯的成績。關於《一位陌生女子的來信》一書，沈櫻譯本係自英文轉譯，且部分譯作對原作有刪節，不如志文版張玉書譯本可信。

除此之外，二〇〇〇年《明日報》引述《中國圖書商報》報導指出，中國的華夏出版社計畫出版《斯台芬·茨威格集》，該套書由北京大學西語系教授張玉書主編，第一批作品已經於日前出版，預計花三年的時間陸續推出褚威格的詩集、劇本、傳記、日記、書信等中譯本三十餘種，號稱將是目前最完整的褚威格作品集。對我這個褚威格迷來說，這眞是大好消息。

褚威格擅長脫去人類的文明外衣，赤裸裸地刻畫人類潛意識，作品較少有地域上和文化上的局限，不像美國當代小說，多半聚焦在美國風情、美國的文化種族問題的描寫。這一點，應是華文世界對這位外國作家接受程度高的主因。

這幾年來，褚威格作品一直是我的案頭書。曾有朋友到大陸，問我要託他帶什麼，我的答案是：「茨威格！」朋友爲我帶回茨威格的短篇傳記文學集《人類的群星閃耀時》（舒昌善譯，北京三聯書店，一九八六年初版），加上我先前讀過的褚威格其他長篇傳記文學作品，令我衡量傳記文學的尺度完全改變。我認爲，台灣近年寫本土人物的傳記，包括政治家、科學家、藝術家，歌功頌德居多不消說，在寫作手法上，多屬文字平淡、對人物性格透視不深、對傳主的移情共感能力不足，流於平面化。褚

《一位陌生女子的來信》，大地出版社。>
《一位陌生女子的來信》，志文出版社。>>

威格用文字繪出的歷史人物，是立體的，對傳主的性格每每有新的發現、新的詮釋。

褚威格的文風，總令我聯想到與他同時代的奧地利畫家克林姆（Gustav Klimt）。克林姆的油畫，筆觸濃重豔麗，喜用金黃色營造熠熠生輝的效果，也經常自女人、情欲取材，大膽表現情欲，傳達出一種輝煌的頹廢。我經常在躺椅上耽讀褚威格縱恣的美文，也曾經在威尼斯面對克林姆的原作，兩者的感覺都好似在洞窟裡諦視著一堆閃亮的金銀財寶。

褚威格的激情，是他的作品核心。他的小說、傳記文學，都不斷地從主角的內心發掘激情，細膩地描繪主角置身極端情境時巨大的內心轉折。褚威格天生的激情，需要經由描寫歷史上的眞實人物與小說裡的虛構人物來宣洩。聖哲般的作家托爾斯泰，在褚威格筆下現出原形，呈現爲性格激越、充滿矛盾、極端自戀的「文明的野獸」（見《自畫像》一書）。他的長篇傳記文學《約瑟夫·福煦》（中國又譯作《一個政治家的肖像》），客觀而生動地刻畫出法國拿破崙時代一位權術家對權力的激情，作家的眼睛是那麼清明，好似一平如鏡的潭面，讓我們毫無扭曲地透視到潭底的祕密。他的中篇小說〈馬來狂人〉（收入志文版《一位陌生女子的來信》，沈櫻版譯作〈蠱〉），人物的內心描寫、情節的推展，驚心動魄，同是處理兩性之間的激情，不比〈一位陌生女子的來信〉遜色。

古典音樂迷更易於體會褚威格作品的音樂性。他精心設計作品情節，文字富節奏感，比喻新鮮大膽，小說中不時出現情感綿密、一氣呵成的長段落，好像交響曲中的長大樂章。維也納同鄉、同爲猶太裔的佛洛依德是褚威格的好友，德國大作曲家理查·史特勞斯將褚威格的劇作《沉默的女人》譜寫成歌劇，作曲家不畏德國納粹政權壓力，一九三五年在德勒斯登舉行首演。沈櫻所譯褚威格小說，有多處把褚威格的精采長段文字從中分段，好像在悠長的樂章中硬生生地加了幾個休止符，藝術效果大打折扣。

文體家褚威格，最了解、最能描述藝術創作的艱辛。且看他在〈卡薩諾瓦〉一文，用綺麗的文字描述這位情聖兼大作家：「這個遊戲人生的人，從未預感到眞正藝術家那種非語言所能表達的責任。他對不眠之夜一無所知，也不知道必須在沉悶的、奴隸般的詞句修飾工作中度過的白天，直到最後意義純淨地如彩虹般穿過語言的透鏡照射出來，不知道作家多方面的然而卻是看不出來的勞動，那是沒有報償，常常直到晚年才會得到承認的，也不知道作家對於生存的溫暖和廣闊所做的英勇割捨。」（見《自畫像》，袁克秀譯）這段話，可視爲褚威格作家生涯的告白。

關於藝術創作，褚威格又說：「眞正的藝術是自私的，除了它自己和它的盡善盡美它不要任何東西。」（見《自畫像》）這句話像一記標槍，深深地刺穿了以藝術創作

《斯台芬·茨威格集——愛與同情》，華夏出版社。>

爲職志的我。

猶太裔作家褚威格在奧地利成長、受教育，曾旅行歐亞美三洲多個國家。二戰期間移居英國，因希特勒入侵奧地利無法返國。一九四二年，這位才華橫溢、獨一無二的作家，見同盟國戰事失利，鬱鬱寡歡，遂和第二任妻子在巴西雙雙服毒自殺。他在遺書中表示，他的力量「在無家可歸的漫長流浪歲月中已消耗殆盡」。藝術創作的救贖力量，竟然無法戰勝現世的不幸。猶太人的流浪命運，如此悲愴收場。對於人生，褚威格究竟窺到了什麼我們所不知的恐怖與黑暗？

<《與魔鬼作鬥爭》，米娜貝爾出版社。

重估尼采

一九〇〇年八月二十五日，德國哲學家尼采在精神分裂症發作的第十年死於威瑪。百餘年後的今天，閱讀尼采，依然令人感受到一股快感的痙攣，依然令人產生觀念的崩解與重組。整個二十世紀，並沒有產生比尼采更精采的文人，因爲尼采是在近乎瘋狂中寫輝煌的作品；二十世紀也沒有產生比尼采更壯美的哲學，因爲尼采的哲學深深觸動人心，挑起並解答我們對生命的疑問，激發著我們的「權力意志」。

尼采以狂人的角色，扮演起敏於思辨的哲學家；尼采出身基督教家庭，卻宣布「上帝已死」，高舉「反基督」的大纛；尼采受德國唯心哲學的傳統哺育，卻以生命哲學一掃德國哲學的學究氣；尼采身爲德國人，卻主張「最好的德國化，就是把自己非德國化」，並讚揚南歐文化的生命力，欣賞法國文化的優雅精緻，從希臘古典藝術找到精神歸宿。超越自己的出身、教育，與傳統徹底決裂，另創新猷，這是何等清醒而偉大的反抗精神！

尼采的名字像一聲鷹嘯，在人們心中引起矛盾的反應：崇敬與拒斥、奮發與戰慄、歡悅與恐懼。他是歷史上最有影響力的哲學家之一，他的論著豐富，見解駁雜，難免遭到誤讀，被人利用。他所主張的貴族政治、英雄道德、權力意志，他的反猶太色彩，曾經被希特勒及德國法西斯分子曲解，作爲政治指導與文化宣傳。這個創傷記憶，世人猶未忘懷。

這個最不德國的德國哲學家，身兼詩人、散文家、作曲家，啓發了二十世紀衆多神學家、哲學家、心理學家。尼采對作家的影響，最是無與倫比。尼采寫出了充滿音樂性與色彩的散文，使他的哲學易於親近。尼采對哲學中的形上學、認識論著墨不多，他最關注的是具有普遍性的倫理學與美學議題，這兩個議題是作家們最關心的議題。尼采宣揚的「以審美態度面對人生的苦難」、以酒神精神對抗文明的頹廢，正是作家創作情境的寫照。尼采的格言體作品，則像路邊活泉，人人得以取用。

《大英百科全書》網路版羅列了受尼采影響的重要作家的名字，包括德國小說家湯瑪斯曼、赫塞，德語詩人里爾克、喬治（Stefan George），法國小說家馬勞（Andre Malraux）、紀德，美國小說家兼詩人賈納（John Gardner），愛爾蘭劇作家蕭伯納、詩人葉慈。這個名單至少應該補上美國小說家海明威，海明威小說中的硬漢角色深受尼采超人哲學影響。另外，中國近代最有影響力的作家魯迅，也是尼采的信徒。

魯迅在《文化偏至論》（一九〇七）提到尼采，大加讚揚尼采「深思遐矚，見近世文明之僞與偏」、「尊個性而張精神」。魯迅在一九二〇年代出版的散文集《野草》，有幾篇格言體散文詩以「我夢見」開頭，足見對尼采《查拉圖斯特拉如是說》的模仿痕跡。這部文集的〈題辭〉，通篇是《查拉圖斯特拉如是說》的句型，例如「但我坦然，欣笑。我將大笑，我將歌唱。」

魯迅秉持尼采「重估一切價値」的精神，與中國傳統文化決裂；魯迅以尼采的戰鬥精神，與文壇及政壇的敵人筆戰，並屢屢在文章中塑造「戰士」的形象。可以說，是尼采造就了魯迅的精神內涵。

不過，魯迅對尼采的吸收，畢竟是片面的。尼采哲學的重要主張：提倡審美的人生、頌揚酒神精神、讚美生殖力，在魯迅的身上並未產生明顯作用。近年來，中國對尼采的研究與翻譯再度盛行，周國平是優異的尼采專家，桂林的灕江出版社在二〇〇〇年推出一系列《尼采文集》。

尼采哲學在一九五〇到一九六〇年代台灣的存在主義熱潮中成爲顯學，若干知識分子言必稱尼采。英年早逝的作家王尚義，寫過一篇散文〈超人的悲劇〉（一九六二），就是描寫一個知識青年研究尼采的著作，受超人思想影響，仍然無法克服內心的孤獨空虛，最後投海自殺。

《悲劇的誕生》，久大文化。>

那個年代，台灣知識分子關懷人生的終極問題，擁抱尼采。隨著台灣政治發燒、文化工業興起、資本主義勢力擴張，人生的終極問題不再成爲大衆議題，尼采以及其他的哲學家又回到學院的院牆內，或是成爲少數知識分子的私淑對象。在尼采逝世百年後的今天，台灣的政治盛行民粹主張，傳媒內容爲庸衆的口味主導，主張禁欲的佛教成爲主流宗教，這正是尼采的信徒所欲撻伐的。在近代哲學家中，尼采的菁英主義聲音最宏亮、對禁欲主義的批判最不容情。

生命是什麼？尼采在《快樂的科學》指出：「生命意味著：不斷把想死的東西從身邊推開，生命意味著：對抗我們身邊的——也不止是我們身邊的——一切虛弱而老朽的東西。」（灕江版譯文）尼采的哲學對抗著一切虛弱老朽的東西，尼采以他的一生演出的「酒神之舞」，實踐了熱愛生命的主張。資訊時代如果有文藝復興，尼采哲學必將是復興的對象之一。

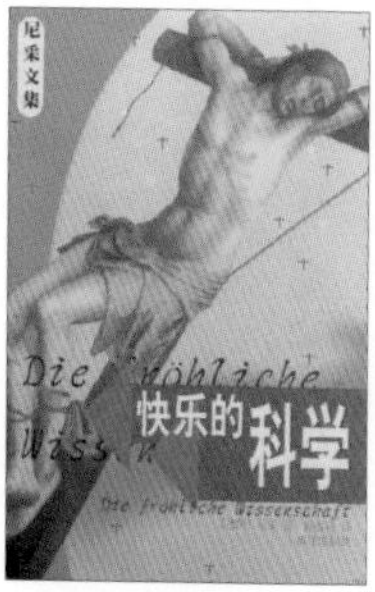

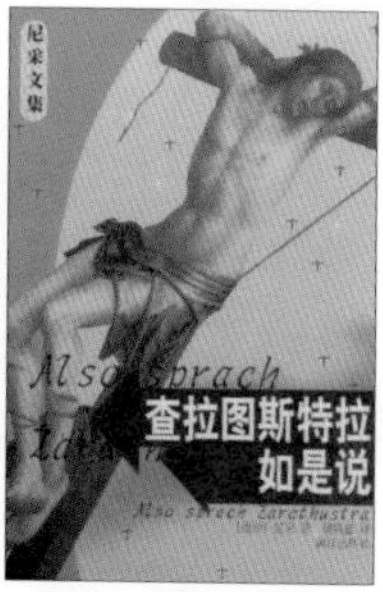

<《查拉圖斯特拉如是說》，灕江出版社。
<<《快樂的科學》，灕江出版社。

從秦俑到大衛雕像

公元二〇〇一年，秦帝國一名弩兵手，在時光旅行中迷途，囚禁在台灣的國立歷史博物館立方形玻璃罩中。他右膝著地，蹲跪在基座上，黑暗中的投射燈在他身上籠罩一層光幕。

我見他頭綰圓髻，身披鎧甲，足蹬方口翹尖履，無形的弓弩背在右肩，一手挽弓一手執弦，兩眼虎視前方，搜尋目標。台灣的參觀人流，在他面前打了一個旋，密密匝匝地包圍他，幾乎要將他連同基座浮托而起。

誕生自陶窯烈火的武士，牢記著他兩千多年來的任務：在陰間守護著沉睡中的皇帝。他的視線，牢牢盯住遠方，戒備著敵人來犯。只待軍吏一聲令下，他就會迅疾地抽出銅鏃，搭上弓弩，拉滿弓弦，對準遠方敵人擊發弩機。銅鏃在弓弩的怒吼聲中閃電般勁射而出，鏃首鋒利的三稜錐劃開空氣，直直刺向敵人的心臟。他能夠射倒敵方主帥，瓦解敵軍陣營。秦始皇征伐六國時，坑卒無數，在他長眠的夢中，必定有敵軍前來復仇。

我看見頑皮的台灣學童輕輕拍打玻璃罩，欲將弩兵手從全神貫注的射姿中喚醒。弩兵手也許會猛然發現自己不在方陣的中心，同袍憑空消失，不知皇帝安否。弩兵手記起他應該身在皇上的地下寢宮，不應陷入嘈雜訪客的重圍。他欲起身逃離，絲毫動彈不得。他是黃土高原陶土的俘虜，注定了永遠維持蹲跪的姿勢。

秦始皇的藝師，燒製了這名跪射武士陶俑，護衛著陰間的帝國。兩千多年後，陶俑被裹在防撞材料中，裝在大木箱裡，運進飛機，從中原飄洋過海，出使寶島台灣。他反映著秦皇畏死的意志，並宣揚著秦始皇統一中國的豐功偉業。大一統思想，迄今深深根植在中國人的腦海裡。中國熱情地向台灣借出秦俑，美國媒體興風作浪，說台灣「兵馬俑．秦文化特展」是現代版「木馬屠城記」。

兵馬俑的主子秦始皇，統帥百萬雄師，平定六合，一統天下，卻最爲恐懼死亡。他即位時即開始建地下寢宮。他一生遇刺四次，更加深了對死亡的恐懼。他憎惡談死，東巡罹病時，群臣無人敢與他談後事，以致他死後皇子爲爭奪帝位相殘，政局動盪加速了帝國的崩潰。

這位半人半獸的君王，《史記》記載戰國時代齊國軍事家尉繚形容他的爲人：「蜂準，長目，摯鳥膺，豺聲，少恩而虎狼心」。秦始皇攻滅六國，在中國建立中央集權的封建專制主義制度，行嚴刑重罰，「有敢偶語詩書者棄市，以古非今者族」。用中國今天的話來說，就是「堅定果決地鎮壓反革命」。他的恐怖統治，在秦帝國制定《秦律》的殘酷刑罰中最能體現。

《秦律》的極刑是腰斬，用以懲處謀反、犯上、大逆不道者。行刑方法是將犯人置於砧板之上，以斧從腰部把犯人砍斷。建議秦始皇兼併六國的秦相李斯，在秦始皇死後，以謀反罪腰斬於咸陽。

秦始皇威震八方，在他有生之年，帝國未曾發生大規模叛亂。秦始皇死後，才有亡命之徒陳勝揭竿而起。

想到秦始皇，又想起毛澤東。毛澤東說過：「秦始皇算什麼？他只坑了四百六十個儒，我們坑了四萬六千個儒。……我與民主人士辯論過，你罵我們秦始皇，不對，我們超過秦始皇一百倍。」毛澤東甚至認為秦始皇才略不如自己，「惜秦皇漢武，略輸文采」，在他所做的詞《沁園春．雪》如此自況。

而死亡是公平的。人之必死，是宇宙間唯一確鑿不變的眞理，人世間最終的正義。秦始皇曾經派出方士，多方探求長生不老仙藥。如果二十世紀經由基因工程開發出長生不老之術，必定是極權國家統治者首先採用這項延命新技術。極權國家早已熱中對已故領袖的屍體做防腐處理。想像毛澤東、史達林採用生物科技防止老化，得以

米開蘭基羅的大衛，矗立在翡冷翠學院美術館穹頂下。

不死，至今統治著極權專制的大國，在國內發起一場接一場的運動，以腥風血雨清洗異議分子；向國外輸出社會主義革命，供應軍火、派出軍事顧問、派遣軍隊。我不寒而慄。

除了讚嘆秦朝工藝的發達、軍事力量的強大，感受對岸中國人慷慨借展的情誼，我如何欣賞秦俑之美？弩兵手目光炯炯，侵略成性，眼中沒有對生命的禮讚。弩兵手的長方形臉部，線條平緩，是軍人長期恭謹待命的表情。弩兵手體態僵硬，呈現的些許動勢，被周身的直線所抑制。製造弩兵手與其他秦俑的藝師們，由帝國從全國各地徵調，服從著一個意志，聽命於一個領導中心，個性化的創作企圖在集體創作的統一目標中消解。秦俑需要藉著數量上的衆多形成磅礴氣勢。陝西秦始皇兵馬俑博物館坑中的秦俑陣勢，多次震懾來訪的外國政要，提醒他們中國以前是、現在也是個強大的國家，擁有像秦俑這般壯盛的兵馬。

凝視著這個黃褐色跪射武士俑，我眼中浮現另一個呈射擊姿態的潔白雕像，疊映在弓弩兵的形象上。米開蘭基羅以大理石雕鑿的《大衛》，矗立在翡冷翠學院美術館的穹頂下。牧羊少年大衛全身赤裸，通體肌肉鼓起優美的曲線。他的身體重量落在右足，站在基座上，年輕的頭顱向著左方。他的一頭鬈髮，翻動著髮浪；聰敏純眞的臉龐，微微仰視著左前方看不見的巨人歌利亞，無懼對方的刀槍箭戟。大衛左臂彎曲，將投石器斜背在左肩，那是他用來抵抗歌利亞的牧羊人武器。大衛右手垂在右腿之側，四指微曲，那隻手，隨時可抓起光滑的小石頭，套進投石器，射死巨人，然後斬下他的頭。

《大衛》雕像是由翡冷翠大教堂向米開蘭基羅訂製，十六世紀初完工時，樹立在翡冷翠的維琪奧宮前，作爲捍衛這個自由城邦的象徵，嚇阻那些膽敢進犯的野心家。一個大衛，勝過千軍萬馬。大衛不需要衆多同袍以壯聲勢。秦俑是集體主義的產物，大衛是個人主義的產物。

一九九五年，我從翡冷翠學院美術館出來，在曲折古雅的街巷城牆間穿行，路經米開蘭基羅爲翡冷翠設計的防禦工事，跨過阿諾河的石橋，登上翡冷翠東南方山丘上的米開蘭基羅廣場。這裡有一個複製的《大衛》雕像，裸裎在托斯卡納天空下，遙望這個偉大的城市。大教堂的紅瓦屋頂，突出在千家萬戶之上，是這個城市的紅色冠冕。托斯卡納平原、亞平寧山脈的丘陵盡收眼底。一個燦爛的文明在茁壯，人文主義在勃興。我願活在米開蘭基羅製作大衛雕像的時代，不願活在中國藝師製作秦俑的時代。

那次義大利之旅，我又在羅馬的鮑格才美術館遇到義大利十七世紀藝術巨匠貝尼尼的《大衛》雕像。米開蘭基羅的大衛優雅雍容，貝尼尼的大衛迅猛剛健。這個大

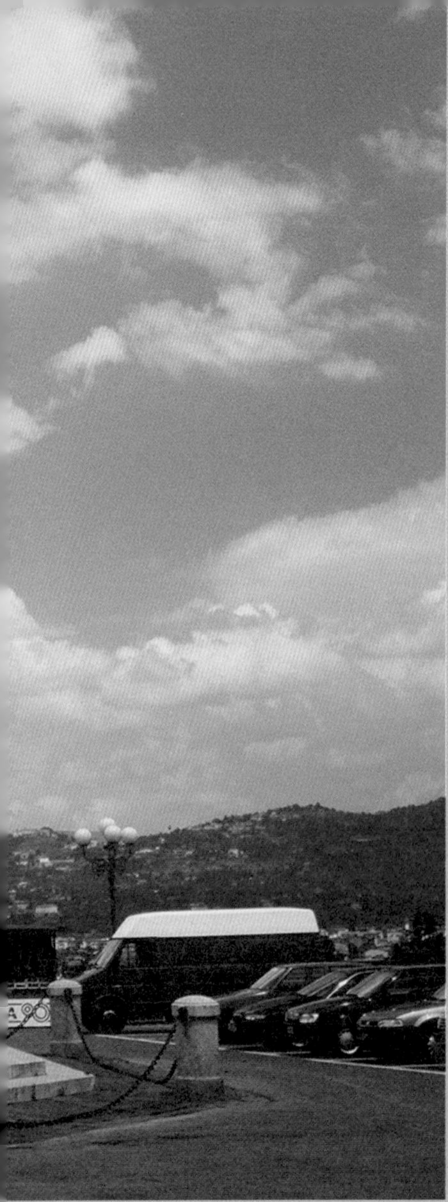

（右上）翡冷翠街頭有複製的大衛雕像。
（右下）大衛的面部表情，英氣逼人。
（中）大衛裸裎在托斯卡納天空下，遙望翡冷翠這個偉大的城市。

衛，甫跨出一個大步，甩著投石器，正要向我身後隱形的巨人歌利亞發出致命的一擊。大衛有著鄉下人的粗樸臉龐，雙唇因用力而緊抿，全身向右斜屈，體態呈現爲一張拉滿的弓。他將石囊斜掛右肩，握武器的雙手懸在右股之側。充滿動勢的大衛，完全掙脫了大理石材質的束縛，像一個活人。我幾乎要避開他的正面，以免被他的石彈誤傷。

貝尼尼創作《大衛》時，年僅二十五歲。他把自身的年輕藝術家形象貫注在這件作品。戰鬥英雄大衛的腳下，貝尼尼雕鑿了有著鷹頭裝飾的豎琴、盔甲。大衛是牧羊人，不習慣穿著盔甲；大衛終生是藝術家，擅長彈奏豎琴，譜寫詩篇。他的詩篇流芳百世，爲遭遇強

從大衛廣場鳥瞰翡冷翠全景。

敵者激發勇氣，爲面臨死亡者喚起信心。

兩個《大衛》，是在兵馬俑製作年代之後的一千多年產生，固然不可同日而語。但是，除了秦代用以殉葬的兵馬俑，中國歷代缺少人體雕塑。漫漫兩千年，中國一味鞏固一個帝王，政治權威凌駕於一切個人之上，道統壓倒個性，藝術家們豈敢創造人體形象公開展示。

陰間的兵馬俑，陽間的大衛。中國的集體主義，西方的個人主義。我們的祖先製作了兵馬俑，訴說秦軍是我們的祖先。直面兵馬俑的鋒鋭，我遙想大衛彈響豎琴，唱起詩篇。

作家與律師

台灣人的命運，正由一群律師在決定。

律師治國有何特色？政論家胡忠信所著《權力的傲慢——陳水扁的總統之路》（商智文化，二〇〇一），對「律師人性格」有一段精闢的分析：「有一種律師什麼案件都接，不管輸贏，先上法庭打官司再說，如果實在打不下去，沒有勝算，那麼就『庭外和解』。陳水扁在擔任立委時，聲稱他的問政模式是『衝突—妥協』，這是典型的『律師人性格』。」

在律師眼中，人與人之間進行著不斷的爭奪、發生著無窮的糾葛。這些糾葛，就是律師大好的獲利機會。

律師酷愛贏得官司。在官司定讞以前，他們要爭取局部勝利，不斷衡量對己方有利與不利的條件。

律師愛逞口舌之快。處理法律糾紛時，他們能爲當事人擬訂一套冠冕堂皇的說話，讓對手抓不到一點把柄。律師從政，會同時扮演自己的當事人與辯護人，動輒爲自己發表律師口吻的聲明。

在多元化的社會，龐雜的法律條文建構了一座迷宮。律師們曉得如何抵達這個迷宮終點以取得寶物。

在法律行外人而言，法律條文是堅果。律師精通如何打開堅果，食用美味的核仁：統治之術。

律師們通曉如何鑽法律漏洞。律師出身而從政者，能夠做出法並無明文禁止、道理上卻似是而非的事，並以此自豪。

和檢察官、法官這些法律人一樣，律師習慣以「法學素養」作爲衡量人的標準，論事執著於法律條文，不自覺地流露法律人的傲慢。

法律知識非常昂貴，律師特考非常難考。當上律師，就能夠高價出賣時間。律師一開口，他們嘴巴裡掉出來的都是金幣。

成功的律師日進斗金，甚至可領導國家大政。

學法律的人，如果從事一個和政治完全相反的行業：文學，會是產生什麼結果？外國文學史上，有幾位偉大作家或是學法律出身，或是幾乎成爲律師。

法國作家巴爾扎克以【人間喜劇】系列小說成爲莎士比亞型的大作家。巴爾扎克

<《人間喜劇》，人民文學出版社。

的父親在他少年時，要求他將來當律師。巴爾扎克在一八一六年十七歲時進入大學念法律，後來取得法學士學位。作家在巴黎念大學，半工半讀，當過律師事務所助理、公證人事務所書記，期間長達十八個月。《巴爾扎克與人間喜劇》一書（黃晉凱著，遼寧大學出版社，二〇〇一）指出，巴爾扎克稱這些事務所為「巴黎最可怕的魔窟」，他在其中看到了「很多為法律治不了的萬惡的事」。

學業完成後，巴爾扎克專事寫作去了。他要批判社會上法律治不了的壞事。巴爾扎克的中篇小說《禁治產》，就是以法律名詞為篇名。法律，可說是巴爾扎克掌握資本主義社會本質的鎖鑰。

寫實主義小說大師福樓拜，在一八四一年二十歲時進入巴黎大學法律系。福樓拜迫於父志，讀了兩年多法律，因癲癇症發作休學，不久後全心投入文學創作。學法律出身的福樓拜，卻塑造了一個目無法紀的角色：背叛婚姻的包法利夫人。包法利夫人的外遇對象之一，她的情夫萊昂，是公證人事務所見習生，也是學法律的。

福樓拜的《包法利夫人》出版後，法蘭西帝國檢察署以「敗壞道德、誹謗宗教」對作者提起公訴。大作家習法、知法，為了表現真實，甘冒觸法的危險。他心中自有高於法律的道德準則。

奧地利作家卡夫卡先習文學，後遵從父志改習法律。一九〇六年，卡夫卡二十三

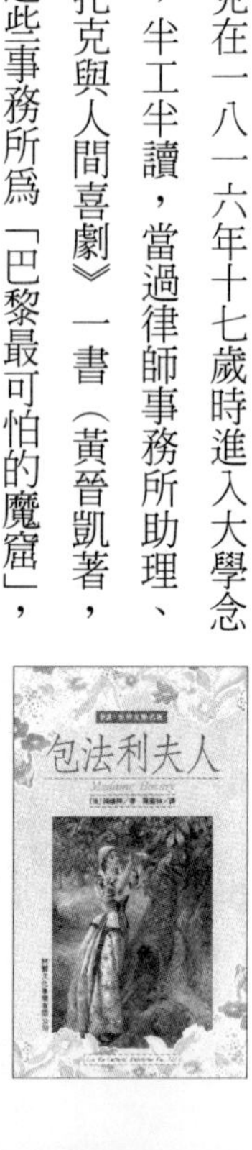

《包法利夫人》，林鬱文化。>

歲，在布拉格取得法學博士學位。二十五歲起，這位西方現代小說開山鼻祖在布拉格的勞工意外保險協會法務部門任職，前後達十四年之久。卡夫卡長期接觸法律事務，在他筆下，司法體系是一個荒謬絕倫的官僚體制，繁瑣漫長的司法程序是一場壓迫人的噩夢。

卡夫卡的短篇小說《判決》、長篇小說《審判》（或譯《訴訟》），也是以法律名詞作篇名。卡夫卡的生活體驗、寫作題材、乾燥的文體都來自法律，他對法律陰暗面的猛烈批判卻是毫不留情的。讀過卡夫卡的《審判》，每當我有機會走進法院，都不由自主地回想起卡夫卡描寫的噩夢般場景。

日本作家三島由紀夫的年譜記載，三島在一九四七年畢業於東京帝國大學法律系。法學訓練沒使三島走上法律人之路，倒豐富了他的寫作素材。貫穿三島晚期代表作【豐饒之海】四部曲的男主人公本多繁邦，職業是法官，後來辭職改行當律師。在【豐饒之海】第二部《奔馬》，三島對曲折跌宕的司法程序大力著墨，構成全書情節的骨幹。

三島以浪漫主義、唯美主義的精神反對僵化的法律，他也創造了多個目無法紀的反英雄。這些人物堅信自己心中的律法，每每採取激烈的行動追求夢想、美妙的感覺，最後以犯罪與自我毀滅告終。《愛的飢渴》女主人公悅子，在故事終了揮鍬殺死

<《審判》，譯林出版社。

愛戀她的園丁。《金閣寺》的男主角溝口，以縱火燒毀金閣寺的壯舉作爲小說的終篇。《奔馬》男主角勳刺殺財閥藏原之後，再切腹自殺。三島的美學信仰和本人的自殺之舉，根本是與法律相對立的。

哥倫比亞作家馬奎斯（或譯「馬爾克斯」）家世寒微，父親期許他當律師。一九四七年，作家二十歲，考入波哥大國立大學法律系。讀了十四個月法律之後，馬奎斯在次年輟學搞起新聞工作。一九四八年六月，馬奎斯進入卡塔赫納大學法律系就讀，兩個月後再度輟學，就此結束了他的學生時代，走上新聞業與作家的生涯，並積極參與政治運動。

馬奎斯最新傳記《回歸本源》（卞雙成、胡眞才譯，外國文學出版社，二〇〇一）作者薩爾迪瓦爾在書中分析，馬奎斯認爲學法律是受罪，經常翹課，但他選擇學法律的原因之一是「法學的本質最接近他所愛好的文學」。馬奎斯以魔幻寫實主義小說風靡國際文壇，在這位小說家而言，人的世界中，心理的眞實超越法律世界所界定的物理的眞實，更值得在文學中表現。

律師性格是圓滑機巧。五位學法律出身的大作家，與律師性格背道而馳。他們性格直率，忠於自己的信仰，不怯於表達自己的信仰。他們以非功利的精神選擇文學創作爲志業。他們對社會的不公表達強烈的義憤。他們對時代的墮落腐化作了驚人的揭

《奔馬》，星光出版社。>

露。

五位作家中，巴爾扎克的性格中有不少市儈成分，這並無損他作品的眞誠犀利。五位大作家在精神上並未接受法律的桎梏，在文風上則受惠於法律。

法律重視邏輯推理。法律人辦案講求證據。法律人寫文章用字嚴謹，思慮周密，講求句句有來歷。檢察官改革協會網站的貼文，時有法律人發表這類佳作，我蠻喜歡讀的。五位大作家的作品，則是文字準確無比，都以無可置疑的細節描寫使讀者完全進入他們所營造的想像世界。福樓拜慢工出細活、苦尋最恰切的字，這種寫作態度成爲作家的典範，不正是把法律人字斟句酌的精神發揮到極致嗎？

政治上的操作與文學創作固然是兩回事，五位大作家告訴我們：學法律，不一定要變得圓滑機巧。在人間的法律之上，還有一個來自個人良知的律法。

法律條文平面出版的速度，趕不上法律修訂的速度，如今我們必須從法律網站來知悉法律最新訊息。法律修訂的速度，趕不上社會變遷的速度，立法院經常弄得必須加開院會來審議法案。但是，法律條文再完備，也無法涵蓋人面對瞬息萬變的社會所必須採取的多樣行動。我依然信仰德國哲學家康德的倫理學理念：每一個人都是立法者，人應該超越功利觀點，按照普世不變的原則來行動。

當一個好律師，或者律師出身而從政，應該關切的是社會的永恆正義、如何作萬民表率。圓滑機巧、好逞口舌之快的律師及律師政客，終究逃不過世人法眼。

美國人以法庭電影頌揚正直不阿、義助弱者的律師，同時以科幻電影挖苦圓滑機巧的律師。我的律師朋友陳家駿提醒我，好萊塢電影《侏羅紀公園》中，第一個被恐龍吃掉的人物，是律師。

法蘭西的優雅與激情

法國文化最迷人之處是優雅，最眩目的是激情。

法語軟綿綿、黏糊糊，像台灣的麻糬，最適合說情話。華人羞於啓齒的「我愛你」，法語是 Je t'aime 。我念大學時，曾經利用學校設有東方語文系、西洋語文系的資源，向同學請教了包括俄語、阿拉伯語等多個國家在這句話的發音，結果發現以法語這句話最爲悅耳動聽，說話的感覺像是用舌頭把鵝肝醬遞到戀人口中。用這種語言寫的詩或小說，朗誦時讓聽者感到非常熨貼，有如愛撫。但是把這種語言譜成歌劇唱出來，戲劇張力不如義大利語，音響鏗鏘不如德語。它太軟、太黏了。

法蘭西軟語只是一種形式，形式卻規範著內容。純粹玩味這種富於音樂性的語言，就成了唯美派詩人；用這種語言表達人類的各種激情，發爲文章，就能免於粗暴，描寫任何場景、人物、心理，都能維持優美的姿態。

優雅是文化高度發達的體現，它將粗糙的外在形態、原始的內在情感壓縮成透明有序的結晶體。優雅排斥魯直，講究含蓄。在文學，就是考究文體，著重心理刻畫，不以表象的描寫爲滿足。法國小說家多半是文體家。法朗士明晰流暢，福樓拜精雕細琢，普魯斯特是自由體詩歌，尤瑟娜是蕾絲編織。就連哲學家柏格森，也以文體優美見長。對法國作家來說，不考究文體之美，寫作就不再神聖，閱讀就不再快樂。儘管在別的國家中，粗糙的文字一樣可以成就偉大小說家，如英國的狄更斯、俄國的杜斯妥也夫斯基；深刻嚴謹的哲學著作其實像幾何教科書，如德國的康德。

法國人的優雅，體現在各個門類的藝術。世人熟知的法國畫家雷諾瓦，用秋陽般燦爛的色調描繪人體；作曲家德布西的音樂，用漸進的節奏、溶溶如月光的音色表現情感，絕不會有突兀的強音把你嚇得失魂。法國的大師級鋼琴家如柯爾托、法蘭索瓦擅長演奏精緻浪漫的蕭邦，疏遠暴烈的貝多芬。法國導演克勞德．李洛許的電影，從早年的《男歡女愛》到近年的《偶然與巧合》，每個場景的構圖都是那麼精美，彷彿把觀衆帶到巴黎的奧塞美術館。

法國的工業產品也不脫優雅。我的朋友形容，開法國車，好像坐在一個女人身

奧塞美術館大量採用自然光做光源。

（上）巴黎龐畢度中心管線外露，是後現代建築。
（下）巴黎的奧塞美術館是火車站改建的，主要收藏印象派繪畫。

上。翻閱《兵器百科》，照片中的戴高樂級核子動力航空母艦，外型光潔流暢，法國人連用來殺人的軍事裝備也造成藝術品。

再看自法國脫穎而出的諸位當代女星：伊莎貝・艾珍妮（《巫山雲》、《瑪歌皇后》）、蘇菲・瑪索（《英雄本色》、《浮生一世情》）、茱麗葉・畢諾許（《烈火情人》、《屋頂上的騎兵》）、茱莉・蝶兒（《玻璃玫瑰》、《愛在黎明破曉時》），或一派貴氣，或楚楚可人，在好萊塢的村姑、舞孃之外，向世界提供了另一類型的大衆情人。美國文化固然平易近人，活力無窮，美國遊客到了巴黎就顯得毛毛躁躁、輕浮淺薄。我在巴黎得到這種印象，在電影《愛在日落巴黎時》看美國男星伊森・霍克的演出，也作如是觀，特別是在氣質美女茱莉・蝶兒的反襯之下。

法國人既美麗又恐怖。不滿舊體制的法國人總是不要命地豁出去，激越地弒君、弒父、弒神，讓火山爆發，天翻地覆。大革命時期，法國人把國王、王后送上斷頭台，也隨時把革命領袖與反革命分子送上斷頭台，共處決了約四萬人。近代的無產階級革命起源於法國：一八七一年成立的巴黎公社，號稱人類歷史上第一個無產階級專政的政權。一九六八年五月的人民革命，法國掀起了一場世界性的學生運動、文化運動。一九七〇年代，以沙特爲首的無神論存在主義衝破戒嚴體制封鎖下的台灣知識界，掀起了年輕人的精神革命。

法國人又是一派瀟灑，最能包容異端，從中發掘正面價值、先鋒精神，不畏異端對世俗道德的顛覆作用。吸毒、嫖妓、瀆神的詩人波特萊爾，被尊爲詩聖。惡名昭彰的薩德侯爵，在獄中寫小說，大書特書性變態、性暴力，把當時的法國社會描寫成人間地獄，法國人卻把薩德侯爵的作品奉爲珍貴的文化遺產。這兩個異端躍上了世界舞台，列爲代表法國的文化英雄。外國人寫的「限制級」小說，如亨利・米勒的《北回歸線》、納博可夫的《羅莉塔》、喬伊斯的《尤利西斯》，都是在巴黎首印，在英語世界被查禁，若干年後才由本國人奉爲經典。

法國文化比較不壓抑女性，在十九世紀就出現喬治・桑這樣的前衛女性，她寫了上百部小說，談戀愛對象遍及巴黎文化界名流。

革命的激情是殘暴，賺錢的激情是貪婪（例如巴爾扎克筆下的那些人物），在人類的活動中，唯有愛情能同時涵蓋優雅與激情這兩種特質，法國人最精於把玩愛情。在中世紀，法國盛行的「騎士之愛」，強調忠貞奉獻，將淑女拱上天神的寶座來膜拜。拿破崙是法國產生的一世之雄，他在軍旅中嗜讀歌德的愛情小說《少年維特的煩惱》，臨戰時奮筆寫出熱情如火的情書。現代，法國菁英分子頻頻演出多角戀。二十世紀的沙特與波娃終生相愛卻不結婚，也各自有其他情人，是舉世知識界皆知的「自由愛侶」。

姦情是自由化、民主化的愛情。世界文學史最著名的四部姦情小說，有兩部是法

（上）巴黎塞納河畔是浪漫故事的舞台。
（下）巴黎羅丹美術館的前身是宅邸。

國人寫的：史湯達爾的《紅與黑》與福樓拜的《包法利夫人》，都是以優雅表現激情，令人珍愛。另外兩部是俄國人托爾斯泰的《安娜・卡列尼娜》、英國人勞倫斯的《查泰萊夫人的情人》，前者嚴肅，偉大之處不在歌頌激情；後者粗魯，談不上優雅。

欲知法國人如何概括優雅與激情，最好去看羅丹的雕塑、雨果的詩與小說，那都是暴風雨之後的彩虹。雨果的激情巨大而持久，雨果文集的存在，是我書房中的炭火；雨果的每一首詩，都是開瓶香檳。當我被消費社會的氾濫資訊刺激得麻木冷漠，雨果永遠以美感陶醉我、以激情振奮我，充盈我的精神能量到完全飽和。

多數台灣人只知道路易・威登、香奈兒，不太認識羅丹、雨果。法國的時尚把從眾壓力帶給全世界的浮世男女，讓他們以消費證明自己的存在。台灣人愛吃美國的麥當勞、肯德基，大排長龍買票看首輪好萊塢電影，在台北東區街頭每隔數分鐘閃現的提包，卻是法國的LV押花紋或棋盤紋提包。台灣的仿品製造商，誇張地把室內看得見、摸得到的用具統統印上LV花紋，爲消費者營造一個全盤LV化的家居生活。哈美的台灣人，潛

欲知法國人如何概括優雅與激情，最好去看羅丹的雕塑。這是羅丹製作的雨果雕像。

意識認知美國的東西固然容易親近，骨子裡很俗，法國產品才是代表優雅尊貴的符碼，能夠展現自己的品味，提升自我的形象。

法國知識界卻是對消費社會的無窮欲望批判最有力、對個人被群體同化最有警覺的。法國劇作家尤涅斯科所寫的劇本《犀牛》，敘述當全城人都變成犀牛，男主角在最後一幕堅持不要變成犀牛。法國人，這個獨特的民族，在全球化潮流使各國都趨於一致，要變成野蠻醜陋的「犀牛」之際，依然保持著自己的特色，堅持做碩果僅存的優雅人類。

走在巴黎歌劇院大道，可在露天咖啡座歇腳。

輯二

杏花一路開

跨越北極圈

「當心馴鹿」

芬蘭航空班機飛越湖泊的千萬隻眼睛與寒帶林的綠毛皮，在下午抵達北極圈內拉普蘭省首府羅凡尼美（Rovaniemi），世界已呈昏黃色調。極地的斜陽從銀色雲層中透出濃黃帶著血紅的光，人們的面龐像是營火照耀下的幽靈。幾年前的西班牙、義大利之旅，拉丁人的激情在記憶中迴盪不已。嚮往投身地球的冰庫，讓我高燒的腦降溫，沸騰的血急凍，意志不復在炎天的高溫下變異。

隔著公路，機場對面一處黃泥岡上，高高立著一座馴鹿雕塑，金屬材質在陽光下投出幾道刺目的寒光，彷彿帶著箭矢的嘯聲。那是正是寒冷的形象與聲音了。

馴鹿的形象躍上公路，成為交通標誌牌上紅色圓圈內的警告標誌，提醒駕駛人

「當心馴鹿」。在觀光客眼中，欣賞著羅凡尼美公路兩旁秀逸的寒帶林相，要當心頂著一對枝形大角的可愛動物自寒地松、雲杉或樺樹叢中衝出，就好像賞花要當心看到蝴蝶。

芬蘭因爲不像瑞典、挪威禁止非拉普人擁有馴鹿，養鹿風已從拉普蘭的林帶與高原吹到南部一般人家，有三分之一的國土列爲馴鹿畜牧區，鹿群難免衝上公路，近年來馴鹿死於交通事故的數量，已達掠食動物獵殺數量的兩倍。遊客的好奇心，對照著殘酷的事實。

馴鹿在聖誕卡上爲聖誕老人拉雪橇，自古就哺育了拉普人，如今是拉普蘭地區的重要生活資源。牠在人類社會的地位，既能觀賞又能利用，在植物中僅有蓮花差可比擬。馴鹿的軀體，壯碩如駿馬；生有大的側蹄，以增加在雪地的抓地面積；牠又是游泳好手，能夠拉車渡河。拉普人驅使牠拉車、馱物，當地百分之九

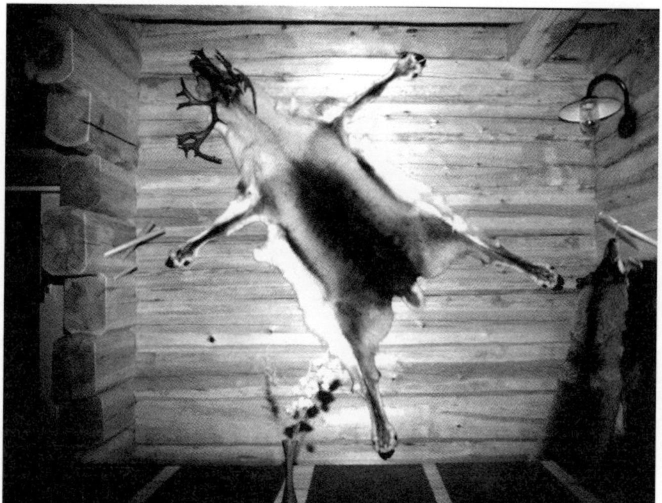

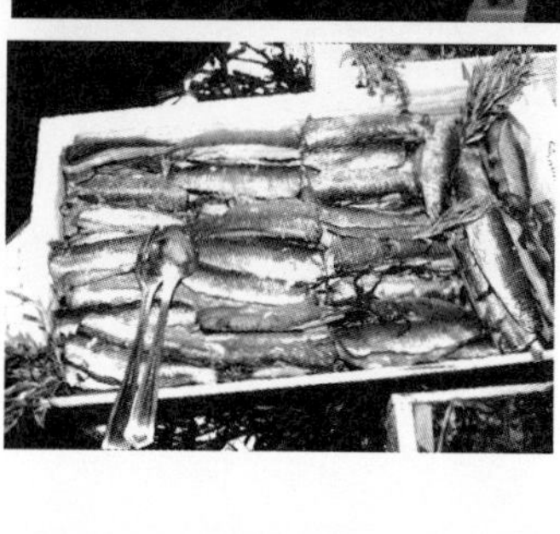

（上）馴鹿皮成為餐廳的擺設。
（下）在港都赫爾辛基吃魚是一大享受。

（右上）拉普人是豢養馴鹿的高手。
（中）俯瞰羅凡尼美平川。

（左上）拉普人的帳篷。
（左下）羅凡尼美機場外的馴鹿雕塑。

十的食用肉類來自馴鹿，馴鹿毛皮製品是北極圈內的招牌工藝品。拉普人眼中，馴鹿是他們生存的依賴。羅凡尼美的北極展示中心（Arctic Center）展出養鹿人爲馴鹿去勢用的鑷子、作爲種鹿標識的塑膠夾，以及鋒利懾人的屠刀。

在拉普人村莊，我們坐在鋪著馴鹿皮的圍木上喝咖啡，吃精燉馴鹿碎肉，那滋味，有牛肉的細嫩鮮美而毫無羶腥。在聖誕老人村禮品部，我驚喜地發現全身批著棕黃色馴鹿毛外衣的芬蘭娃娃。那毛茸茸、軟綿綿的觸感，正適合孩童撫摸擁抱。我買了一個，在往後阿姆斯特丹、馬斯垂克、柏林的旅程一路用手提著，要爲孩子們帶回北極圈最完整而具體的紀念。

激流薩伐旅

小巴士載著一行人從幹道轉進針葉林中的泥土路，路肩的窪地結著淡淡的霜。來到河灣之畔松樹原木搭建的度假小屋落腳，夕陽已隱沒西方針葉樹腰際的雲層中，天空是一片素淨的舊銀器的顏色。雖是仲秋，氣溫低達攝氏二度。我踏著有彈性的松木地板，在木材的幽香中打開行李箱，趕緊把身上的休閒夾克脫下，放到底層，並換上材質輕薄的 Gore-tex 雪衣，隔絕了寒冷而保持手腳靈活。我把尼康電子式相機裹在雪衣內，預防電池因寒冷而失去功能。回到台北後打開行李箱，那件換下來的休閒夾克壓在箱底，竟然還是冰冰的，殘留著羅凡尼美的體溫。

旅行團的第一個活動是泛舟。我在台灣不曾參加這種活動，不想來到羅凡尼美立即能得到新經驗。芬蘭嚮導駕著吉普車，載來滿行李箱的雨衣、雨靴與救生衣，十來個人從頭到腳裹得密密實實，只剩一雙眼睛外露，再登上吉普車，在林中小徑一路顛簸到一處河岸。

蘆葦叢中，擱著一艘有十餘個座位的橡皮舟，嚮導和我們合力將它從泥濘拖出，再講解操舟要領，不過是簡單的三句話：右划、左划、全體划。十來個人，不論會不會操槳，馬上要同舟一命，想來令人擔憂。

傍晚的河水暗如鋼鐵，對岸林木的修長身影，倒映在天光的倒影中。我被分配在左側船首操槳，嚮導從船尾將最後一截船身推入水中，再一躍而上。林木的深灰倒影碎成片片羽毛，我將船槳深深插入水中，使勁撥水，橡皮舟來到河心。河道一片寂靜，只有船槳潑刺的撥水聲，與遠處隱約傳來湍急河段的淙淙流水聲。森林、河灣、礁石急速向我迎來，像是快轉的錄影帶，我的身體被水流經由船身高舉又放下，我是如此接近北極圈陌生的大自然，感到輕微的陶醉。彎身划槳時，河流幾乎與我的視線齊高，塡滿了我的視界，在此時，我眞正地達到了旅行的目的：從日常生活中逃脫，暫時斬斷一切牽絆。

我們曾在一處礁石區擱淺，嚮導指揮全體船員靠向橡皮舟的右側，船的左舷高高翹起，我正恐懼著翻船，嚮導已借著礁石以槳使力，把橡皮舟推離淺灘。再划著沒多久，突然來到湍急的下坡河段，白花花的浪濤翻滾，船身擺盪。我被喚起乘坐雲霄飛車的經驗：被推到最高點準備俯衝，面對危險，頓時心生悔意，卻又無路可退。嚮導大叫「全體划」，我們在興奮地喊叫，瘋狂地划水，冰冷的浪花打在身上，鑽進領口，我的身體已不在我的控制之下，恍恍惚惚被浪花擁入共舞，任激流力量將我帶走。

回過神來，橡皮舟已安抵水流平緩的河段，領口至胸口全被濺濕，一大塊徹骨的冰寒。我想，我有一個舊軀殼，已經被我拋入河中，由滾滾浪濤沖走了。我們划到我們的小木屋所在河畔，將橡皮艇靠岸，合力拖回岸上。芬蘭嚮導問我們有沒有濺濕，笑著說：一般來泛舟的人若是沒有全身濺濕，會要求重來一次。

北極光下

當你從來不敢夢想的幸福突然降臨，你根本來不及欣喜，你會在那種巨大無邊的幸福中迷失。

抵達羅凡尼美的初夜，我未曾預期會看到此生難得一睹的北極光。晚餐前在林間空地散步，我只是慶幸著遇到難得晴朗的天氣。北極圈夜空清朗如拭淨的藍瓷，繁星發出翡翠的綠光，成爲最純淨的裝飾。唯有中天的一條乳狀光河，自東至西，貫穿夜空，比在台灣夏夜看到的銀河更寬闊、更綿長。我心想，原來北極圈內所見的銀河也是這般地異於台灣。

我返回小木屋小憩，忽然聽得朋友們在外面大叫：「北極光，快來看！」

興奮地踏著松木地板向外衝，攝影家朋友已經找到空地架起三腳架，沒有相機的朋友翹首呆立。仰望

芬蘭神話中，北極光是天上的火狐擺尾所導致。

夜空，剛才那道乳狀光河已經生長為一塊巨大的光暈，有如牛奶傾倒在湖水中，鋪滿了頭頂上整片夜空；又像一床鵝絨被，要輕輕地落下來，覆蓋在我身上。我感到廣大深刻的恩寵降臨，心中洋溢著強烈的喜悅和感激，幾乎站立不住，要被這種恩寵壓倒。我憶起童年做的一個夢：我看見乳白的天空布滿了一幅幅橢圓形外框的畫，每幅畫像都是聖人的半身像，他們微笑不語，構成了天堂的喜樂與和平。少時住在鄉間時，有多少個夜晚，在星空下守候，只為等一顆流星劃過天際時許願。北極光的奇景，這麼廣袤、綿延、慷慨，而且不斷地改變形狀，彷彿自天際發出配有三角鐵音色的清亮樂聲。此時，我只想找到心愛的人，在北極光的見證下大聲說出心中最想說的話。

當我心中的想像激烈地翻騰時，一不留神，又聽得朋友一聲大喊：「到那邊去了！」順著他們手指的方向望去，東方的天幕上懸掛起弧形綠光，由濃而淡，最後淡入潔淨的夜空。過沒多久，這道弧形綠光又在西天閃現。我一直看著直到兩眼饜足，一無所欲，一輪明月在東方悄悄升起，在松林間透出光華。我思想起此時台北的親友才度完中秋節不久。

北極光在拉普蘭地區聞名已久，為傳說與幻想所環繞。芬蘭神話中，北極光是天上的火狐擺尾所導致。現代科學家則解釋，北極光的起因，是太陽的風暴釋放出帶電粒子，到達地球的磁場，引起大氣中原子的碰撞而發光；地球南北極是因爲空氣潔淨，極光便爲人所見。芬蘭朋友說，在羅凡尼美，要到十一月才比較容易看到北極光，我們卻在十月初就得以一睹。

傍著家爐吃芬蘭式自助餐時，有位樂師以芬蘭手風琴演奏民謠，他立在掛著大幅馴鹿皮的原木牆壁前，奏出哀感的旋律與豐富的和聲。同桌一位女作家在樂聲中也陷入沉思，癡癡地對團友說：「聽到這種音樂，眞想談一場轟轟烈烈的戀愛。」還好，在旅行印象的衝擊中，我不是唯一的感傷派。

倖存者

羅凡尼美是個浴火重生的城市。芬蘭在一九三九年捲入二戰。那一年，芬蘭拒絕了蘇聯對兩國邊界的主張，蘇軍在冬季發起攻擊，展現了對芬蘭領土的野心。芬蘭便向納粹德國尋求保護，與德軍並肩作戰抵抗蘇聯。到了一九四四年，芬蘭轉而與蘇聯議和，與蘇軍聯手將德軍逐出拉普蘭。德軍撤退時，強力破壞拉普蘭，羅凡尼美幾乎全毀。在芬蘭建築師精心規畫下，羅凡尼美在戰爭的廢墟中以全新的面貌挺起。

芬蘭藉著權謀與戰鬥技巧，在史達林與希特勒的夾攻下倖存。拉普蘭的原住民，

外人稱他們為拉普人（Lapps），他們自稱薩美人（Sami），從遼遠的史前時代就定居在此，在漫漫長冬與嚴寒搏鬥，歷經悠長的年代存活下來，也是「倖存者」。拉普蘭現有二十萬拉普人與二十萬頭馴鹿。他們的存在，令人產生敬意；他們的生活方式、習俗，使我發生濃烈興趣。

在羅凡尼美的北極展示中心參觀北極人民展示區，我感觸較深的，是在嚴酷環境下，求生存的方式充滿了暴力與詭詐。拉普人屠殺北極熊的照片，鮮血染紅了純白毛皮與潔白雪地，白與紅、純潔與殘忍的高度反差，格

赫爾辛基大教堂建於帝俄統治時代，富於俄國風格。

外怵目驚心。還有一張照片，是使用現代火器的獵人，俯臥在雪地上，槍管從白色遮罩的孔隙伸出，運用人類的狡計，在巧妙的掩蔽中對無知的動物進行屠殺。

拉普人的迎賓方式，就有著暴力的意涵。我們來到一座拉普人帳篷，席地圍坐，迎賓的拉普男子，抄起一把鋒利的獵力，按下一位朋友的頭，準備屠宰家畜似地檢視頸背，說一看就知道我們沒有來過。

接著，他舉起獵刀，向朋友的頸背砍下。芬蘭導遊在一旁解釋說，他要爲我們放血，以紓解壓力，女性朋友嚇得紛紛尖叫。輪到我時，我眞的期待他爲我放血，引頸就戮。事實上，他只是用刀背在我們的頸背技巧地按一下。隨後，他給我們每人端上一碗香甜濃郁的馴鹿奶，說喝鹿奶有助愛情。

迎賓第三步，拉普男子拿起一塊熾熱的紅炭，推向團友的額頭，旁人發出拒絕的慘叫，結果，他是將木炭未燒紅的一端在我們的額頭斜畫了兩道代表馴鹿角的粗黑線，芬蘭導遊解釋說，拉普人相信人死後會轉世爲馴鹿。

我捨不得抹消那兩道代表馴鹿的標記，用完了中餐，領到跨越北極圈的證書，我們轉往聖誕老人村，一路上也沒有人見怪。直到轉往羅凡尼美機場要離去時，我才擦掉那兩道炭痕。當人多煩憂，我戀棧那幾個小時倖存當馴鹿的機會哪。

芬蘭小女孩。

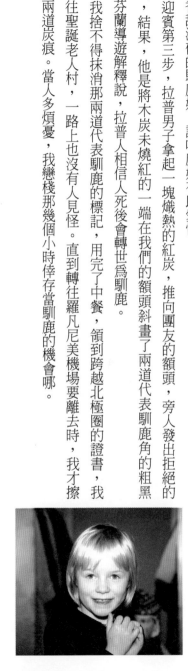

西貝流士的回聲

要認識一個國家的精神，音樂是最直接的溝通媒介。貝多芬以降到浪漫樂派的德國音樂，標記著唯我獨尊的英雄氣概、情感意志的極度伸張，早早征服了我的耳朵。旋律華美、情感癡癲的義大利歌劇，我則當做流行歌曲聽，用來放鬆心情。我從來沒有用心聽過西貝流士，總認爲它離我那和著德意志節拍踏步的靈魂太遙遠。

計畫到芬蘭旅行之初，我的書房開始整天播放西貝流士的音樂，並讓它伴我入眠，竟然睡得格外安穩。我終於從德國音樂的滔滔雄辯中暫時解脫，學會傾聽西貝流士吐囑耳語。

在德國音樂雄霸天下的時代，西貝流士向芬蘭的大自然採集到多麼獨特的聲音，以自我堅持對抗潮流：淒清的木管樂句，暗示著大地的荒涼；弦樂的持續音、震音，時時襯著樂章主題，是大自然神祕的悸動。銅管強奏往往突然爆發，大肆鋪展樂章主題，掀起一場華麗的暴風雪。有時管弦樂全體寂靜，展現神祇的懾人沉默。他成熟的樂曲中，動機迂緩發展，長而大的旋律倏爾碎成片段，短小的固定音型反覆出現，統一著樂曲的形式。他的音樂，燃燒著無溫度的火燄，可親而不炙人；充滿了無激情的感情，涵泳其中不虞迷失。

芬蘭人很早就知道，上天若不生西貝流士，芬蘭在世界永遠是啞巴。他在世時，政府從他三十二歲起提供終身年金，讓他安心作曲。雖然他生命的最後三十二年沒有任何重要創作，對世界答以沉默。這或許是另一種自我堅持，他要說的話很顯然都在先前的作品說完了。他以七十八歲高齡作古後，赫爾辛基的西貝流士公園、西貝流士學院、《芬蘭頌》音樂廳，芬蘭舊都土庫的西貝流士博物館，依然在頌讚他的名字與作品。

西貝流士的音樂，不僅聽得到，在赫爾辛基更看得到。

從羅凡尼美搭機回到赫爾辛基的次日上午，抵達西貝流士公園，深秋林木一片耀眼的楓紅，綠色草地鋪滿了枯黃落葉。西貝流士紀念雕塑，矗立在公園中央一塊粗糙的岩石上，好似天外狂風所堆積的，遠看像管風琴的發音管。六百多支不鏽鋼管，以不規則的方式焊接，遠近高低的金屬光澤，奏出無聲的旋律。那是西貝流士音樂中飄忽不定的雪光、北極光。

走近細觀，不鏽鋼管上又有刺繡般的細緻花紋。西貝流士的音樂，竟然凝固得這般美麗。人走到這座雕塑底下，細語或輕喟，經由不鏽鋼管放大、迴盪，那就是西貝流士的回聲了。

這是芬蘭女雕塑家希爾杜倫（Eila Hiltunen）的傑作，名為《音樂的熱情》。她以五年之力，焊接了六百多支不鏽鋼管，完成這座抽象作品。一旁的西貝流士半身像，面孔方正，有著一雙眼眶幽邃、眼神純真的大眼，依然注視著大自然的神祕與絢麗。

凝望西貝流士紀念雕塑，我感到自己的眼睛洗得像芬蘭的湖水那般澄澈。

西貝流士紀念雕塑好似天外狂風所堆積的。

春遊隨想曲

黑澤明的電影《生之慾》描述一名在區公所上班的模範市民，發現自己得了胃癌，開始思索人生意義與人和人之間的愛恨。其實，不需要霹靂雷霆來儆醒我們把握人生，我們稍作思考，就會發現我們的閒暇比我們的生命更有限，我們與家人、愛人同遊的時機比相聚的時機更難求。日常生活單調平凡，我們需要像旅遊這樣戲劇性的經驗，創造我們與親愛的人的共同記憶，以凝聚感情，或者留待未來離散的日子作撫慰之用。

特別是在春節，季節的寒冷、城市的喧囂、長假的空閒、對室內影視娛樂的厭膩、對新奇喜悅的渴求，在在催迫我們帶著親愛的人走到戶外，愈遠愈好。

如果你要帶孩子們作一次快樂遊，南半球的澳洲正值炎夏，他們可以伸出瑟縮的頸子，迎接每一個新鮮光燦的景象。那裡有大自然，他們可以從電視與電腦顯示幕上抬眼，用所有感官體驗事物的眞實感覺，不再做聲光虛擬世界的俘虜。

（上）菲力浦島自然公園：神仙企鵝是優異的舞台演員。
（下）孩子們在澳洲海濱和海鷗玩耍，找到樂子。

你不妨先到墨爾本，這個城市號稱南半球的小巴黎。公園占了全市四分之一面積，使得城市面貌娟秀。這裡的陽光經常蒙著一層雲翳，柔和而不毒辣。你們的遊覽車，將在街道兩旁法國梧桐的斑駁樹影下穿梭。雅拉河貫穿市區，沿岸矗立著現代商業大樓，你不免將視線從車窗投向酷似竹編尖塔的國立美術館，想像著裡面會收藏什麼重要的畫作。但是，孩子們不會讓你在那裡停留，他們不要再做水泥建築的囚徒。他們好奇的是在陽光下打板球的澳洲人，他們要收藏的是費茲洛公園庫克船長小屋紀念品商店的動物玩偶。他們會在皇家植物園餵食天鵝，在豐茂的草坡上打滾，開口歡笑之際嘗到青草帶澀的甘美。

在澳洲旅行，不要讓絨布玩偶替代了孩子對動物的喜愛，有的是機會對自然景觀與可愛動物作面對面接觸。菲力浦島自然公園在墨爾本郊區，進入企鵝樂園之前，你們可以先在濱海餐廳饕餮一頓不昂貴的龍蝦大餐，再到海灘餵食不畏人的鷗群。牠們頑皮地在你們伸手可及的距離撲動白色的翅膀，是天空的雲朵，海上的浪花。

你們會在入夜之際進入企鵝樂園。來自南太平洋的海風，吹過礁岩與海岸樹林，你們踏著懸空的木板步道，來到沙灘上的看台，觀眾滿得像看球賽。浪潮拍打沙灘，柔和的投射燈把沙灘照射成暈黃的舞台。人群一聲驚呼，神仙企鵝的先頭隊伍在浪濤中現身。五、六隻身長三十公分左右的鳥兒，在昏暗的波濤中載浮載沉。領頭的神仙企鵝挺著白腹，跨著蹼掌，先踏上沙灘，後面的企鵝亦步亦趨。牠們是優異的舞台演員，在人類窺伺下毫不怯場，搖搖擺擺地踏著小碎步，列隊鑽入觀衆看台下的通道，返回草叢中的巢穴。每隔幾分鐘，隨著孩子們的歡呼，你們都會在海灘的不同方位瞧見神仙企鵝從浪頭中冒出，列隊登岸。到你們看飽賦歸，你聽到滿谷的嘎嘎叫聲，發現步道兩旁的草叢處處是神仙企鵝。你靠近端詳這種遵守一夫一妻制、像日本人那樣排隊守秩序的動物，牠們漠然對待人類，只關心如何餵食雛鳥。

既然來到澳洲，你應該更親近大自然的色、聲、香、味、觸、嗅。雪梨市郊的野生動物園，袋鼠區散發著哺乳動物的汗腺氣味，園區開放遊客撫摸這種澳洲特產的動物。慢慢走近紅袋鼠，讓牠感覺到你的善意，牠不會驚嚇地跳開，只是用巨大的尾巴支持著身體立定。你輕輕伸手，撫摸牠粗厚的毛皮，牠無辜地瞪著前方，溫馴地讓你與牠合影。

野生動物園的無尾熊是慵懶的稀有動物，隔著玻璃櫥窗，你看到牠們伏在油加利樹幹上，一動不動，像擺設的玩偶。你想到可以給孩子們買一個無尾熊娃娃，在夜晚抱著入眠。

在澳洲看到了罕見的白袋鼠。

到雪梨水族館，首先要進入海豹保護區。你看到幾隻海豹扭動著從你腳下游到你的身畔的玻璃牆外，黝黑的流線型身軀在碧綠的海水中畫出矯健的弧線。你帶著孩子走入水下步道，遠洋魚類在四面八方巡游，如一場水舞。孩子們的視線與驚呼，必定追隨著頭頂凶猛卻無害的虎鯊。

如果你到黃金海岸，一定要趁著天色微明、四下幽靜的時候到海濱，把你的赤足踏在金色海沙，欣賞衝浪海灘壯闊的波浪，想像著衝浪人如何藉著技巧與勇氣暫時擺脫地心引力的羈絆，在危險中找到美感與自由。孩子們與大人同樣在旅行中擺脫地心引力，你帶他們到黃金海岸的海洋世界，「海盜復仇船水道滑遊」讓你們嘗到家人共同從高處俯衝而下的滋味，如何在危險中互相支持。

海洋世界的「驚險刺激雲霄飛車」是螺旋形的高速旋轉機，你坐進狹小的座艙，想到你身體面臨的震盪，可能先是產生輕微的懊悔。軌道車被帶到軌道最高處時，你突然想退卻，然而已經後悔不及。軌道車以高速俯衝而下，你感到身體已經不屬於自己，幾乎要飛出座艙，像在夢中，你只能咬緊牙關、握緊拳頭抵抗重力。軌道車滑到低處，你還來不及看清前方的高度，突然一陣暈眩，你已是頭上腳下，身處螺旋軌道的頂點，隱約聽到聲聲尖叫，不知是你的，還是孩子的。就在你感覺自己的毛髮、肌肉、血液、骨骼將被拆散之際，你赫然發現飛車已安返月台。你自以為通過了勇氣的考驗。你看孩子們，臉上是驚喜的表情，不識世界之殘忍險惡，跳下軌道車後，跑到遊客隊伍的末端排隊，還要再坐一輪。

澳洲也有精緻文化，增益旅人的教養。雪梨是個美麗新穎的港市，在澳洲充足的陽光下，公園、建築物色彩飽和，像是印刷精美的風景明信片。雪梨歌劇院的拱形頂，遠看像一朵白蓮，又像水梨的切片，浮在蔚藍的海上。港灣白帆點點波光粼粼，使得這個港都更加明豔照人。音樂廳有兩千六百九十個座位，整個建築物都由樺木等澳洲木材建造。如果你夠幸運，遇到交響樂團舉行預演，你會獲准進入音樂廳後方包廂，聆聽雄渾的交響樂或獨奏樂器清越的聲音在兩秒鐘內傳遍音樂廳每個角落，並帶著長度恰好的殘響，令你覺得熨貼無比。

如果你要到歐陸旅遊，巴黎的嫵媚永遠吸引著世人，荷蘭的阿姆斯特丹則是很適合落腳的門戶。荷蘭是歐洲發展觀光極爲積極的國家，在個人經驗中，荷蘭人相當友善好客，超過西歐任何國家。猶記得有年在阿姆斯特丹，我在雨中雙手持單眼相機拍攝水壩廣場，一位好心的荷蘭老婦爲我撐傘。

在冬季，人們要到南方去。荷蘭南方和北方有著不同的風情。我們一般認知的紅髮荷蘭人，以南荷人爲主。南荷人用錢比較不會計較，他們嘲笑北荷人 go Dutch 的作風。南荷的馬斯垂克，位在荷、比、德交界，從羅馬帝國時代就是兵家必爭之地，你也許聽過而沒有去過，是個在各國首都之外，值得一遊的城市。馬斯河流經這個古城，沿岸有許多棕色裝潢酒吧，在冬天的夜晚，店門口懸掛著電暖器，向坐在人行道的酒客們輻射暖氣。

馬斯垂克餐廳的法式美食，最教人回味。餐前酒芳甜柔滑，鵝肝醬豐腴甘美，牛排多汁柔嫩。天花板垂吊著枝形吊燈，窗外可以看到平整的牧場，花乳牛在牧場的綠氈踱步。

但馬斯垂克不止於此，市郊的聖彼得洞穴，可以做一次奇遊。那是一個數百年開採石礦所挖出的洞穴，數十公里地洞之錯綜複雜，連嚮導也無法完全弄清楚，荷蘭人在此曾經躲過法國人和德國人的侵略，洞裡還有拿破崙時代法軍用火藥爆破的痕跡。二次大戰時期，荷蘭人把林布蘭的名畫《夜巡》藏匿在此，得以躲過德國人的劫掠。導遊會帶你到一個洞口，點燃一張紙丟下去，洞深好像無止境。在聖彼得洞穴，除了感受這個小國抵抗侵略、逃避劫難的歷史，你還可以體驗到完全黑暗的感覺。在洞穴裡，完全沒有光，導遊熄滅手電筒的短短幾分鐘，你的眼睛全然失去功能，你愈是睜大眼眶，愈是感到無助，因爲只有無邊的黑暗。你只能扶著石壁，靠著觸覺前行，等待嚮導重新打開手電筒。

在春節假期，你帶著親愛的人，要去何方？你如果聽過蕭邦、佛瑞的鋼琴曲〈船

從海灣大橋看雪梨歌劇院。

（上）馬斯垂克自古是兵家必爭之地。
（下）聖彼得洞穴錯綜複雜，連嚮導也無法完全弄清楚。

歌〉，或是最近看了電影《美麗人生》，深深喜愛這部義大利喜劇片的主題曲〈船歌〉，知道這種曲式是從威尼斯發源，你會同意，威尼斯是適合情侶朝聖的城市。你們將雙雙坐上鳳尾船，船尾的義大利船夫以〈船歌〉的節奏搖著櫓，你們遠離陸地，遠離現實，緩緩前行，一路欣賞著兩旁富麗堂皇的古建築。這就是愛情的極致：沉浸在兩人共有的天地，絲毫不理會周圍發生的事。你們的愛情也將面對現實的無情考驗：威尼斯在緩緩陸沉，冬季的海水漫進聖馬可廣場，你們必須頂著刺骨的海風，踏著木板狼狽地跨過廣場，才能到曲巷裡的精品店，選購透明透亮的水晶藝品，爲你們此刻淨無瑕穢的愛情，在幻滅無常的塵世留下見證。

春節使我們從日常生活中獲得喘息，春節假期的旅行，更應使我們從本鄉、從熟悉的事物獲得解脫。即使你不能離開國境，不妨展讀晚明小品，感應古人曠達的性情，再到台灣南北各地的森林遊樂區作一次清曠遊，讓瀑布、溪流、雲海滌蕩你的心靈。當行程結束，你回到家中，清掃著家門口被雨水淋濕的鞭炮屑，不免悵惘。但是，你和親愛的人已經共同創造了新回憶，你們不再怯於回到日常生活，而將更有力量面對生活的煩憂，更有勇氣改造生活的不完美。

鬱金香王國的如花少女

走過幾個歐洲國家，以前只知道西班牙堪稱美女如雲。在街頭、公車上、火車上，就是有那麼多亮麗的面孔，吸引你再看第二眼。那種美，南歐的太陽那麼明豔，番紅花那般富於野性，不論男性或女性遊客，都會情不自禁地注目。我從西班牙搭夜車北上巴黎，臥鋪對面龐克裝扮的英國青年，和鄰座的男性乘客在夜裡談的，也是西班牙女人。

一九九三歲杪，重遊荷蘭，我這才發覺，這個北方低地國人口密度固然超高，美女密度也很高，不比南歐的西班牙遜色。至於法國女人，出類拔萃者，的確美豔絕倫；巴黎街頭的美女密度，反而不如一般人想像的那麼高。

荷蘭女子多半面部輪廓浮凸，五官距離適中，鼻梁高、眼睛大，造物者在她們臉上少有敗筆，加上身材高䠷、皮膚白皙，很容易符合西洋美術人體美的標準。務實的荷蘭人，又懂得珍惜觀光資源，比起別的歐洲國家，荷蘭女人對觀光客分外友善。

我們一行四人，包括文字工作者和攝影家，抵達荷蘭次日，由當地導遊帶領遊覽鹿特丹。其中一個參觀項目，是登上這個港都一百八十五公尺高的瞭望塔「歐洲之桅」（Euromast），鳥瞰全世界最大的港區。接待我們的黑髮女士，穿著筆挺的深藍色套裝，儀態如玉樹臨風，有著洋娃娃的大眼睛，嘴角永遠掛著微笑，向我們介紹這座塔。

藍衣女士先是引領我們坐快速電梯登上一百公尺高的大看台，等我們拍了幾張大遠景照片，再領我們進入「太空看台」。「太空看台」旋轉著，把我們帶上一百八十五公尺的高度，像是夢中的飛翔。隔著弧形落地玻璃窗向外望，面前毫無欄杆或陽台的屏障，港區和馬斯河出海口就在腳下，像是萬丈深淵，令人暈眩。看台緩緩旋轉之時，同伴們紛紛對著這個難得一見的景象按下快門。

旋轉看台降落到大看台上，一行人一面誇讚奇景，一面踏出玻璃門。藍衣女士見我們興奮的表情，問道要不要「再來一次」。這正中我們下懷，趕緊跟著她再次踏入旋轉看台。

第二回「太空飛行」結束，在電梯口，黑髮女士問我們還需要拍什麼照片。同夥中一名男士要求對她拍照留念。

黑髮女士先是略帶驚訝地「哦」了一聲，隨即站在原處，以模特兒的架勢，充滿自信地面對鏡頭。

一行人隨後驅車趕往台夫特市皇家陶器製造廠。在滿室昂貴的陶器之間，端麗的導覽小姐，爲我們詳細解說陶器廠的歷史與室內陳設。她身高超過一八〇公分，言談俐落，眉宇之間有一股英氣。攝影家要求她在一張骨董桌前坐下供拍照，她大方地端坐。在對方調整焦距時，她打趣地問：「我會出名嗎？」

台夫特市皇家陶器製造廠端麗的導覽。

在阿姆斯特丹的一個晚上，我和同行的一位男性朋友決定到拉茲區的荷蘭賭場見見世面。旅館門房說，可以搭一路電車前往。我們從水壩廣場出發，到了陣亡烈士紀念碑附近的電車站，卻不見一路電車的站牌。朋友向身旁一位婦人問路，身旁另一位也在等車的年輕女子主動幫腔，告訴我們要繞到舊王宮後方另一條大街搭一路車。

五分鐘後，我們在王宮後方大街上了一路電車，就在同一節車廂，竟然巧遇這位熱心指路的女子。我們驚喜之餘，告訴她要到荷蘭賭場。更巧的是，她就在荷蘭賭場工作。她說，她剛才逛完購物街，本來想搭電車回家，忽然想起自己的車還停在賭場旁邊，所以也回頭搭上一路電車。

她在賭場的工作，是「黑傑克」撲克牌戲主持人。

「生手不要玩黑傑克，否則你會輸很多錢。」她提醒我們。

下了電車，在細雨中，她帶領我們跨過鐵軌，沿著運河河岸走，一直陪我們走到荷蘭賭場門口。碰到這麼好心的女子，朋友認爲賭場外的運氣實在太好了，進場不可能再有財運。在「黑傑克」賭桌小輸數十元荷幣之後，他不再加碼兌換籌碼，僅作壁上觀。

如果散布在各角落的美女紛紛走上街頭，會是什麼樣的情景？

聖誕夜的前一個晚上，我逛完阿姆斯特丹的電子街回到旅館，朋友向我宣告重大發現：「快去看美女！」

我們輕裝走到阿姆斯特丹最熱鬧的購物街——卡弗街，加入採購年貨的洶湧人潮。幾乎三五步就可以看到漂亮時髦的荷蘭女性迎面而來，像運河上穿梭的玻璃頂遊船那樣賞心悅目。白皙的、黝黑的，各色秀美的面孔，在街燈與櫥窗的側光中流轉。進入一家服裝店，一群女性顧客瀏覽服裝，她們的容貌，幾乎都可登上時裝雜誌。這年冬天，歐洲女裝流行一襲深色短大衣搭配緊身長褲，穿在身材修長的荷蘭女性身上，滿街是婀娜多姿的倩影。

旅居荷蘭多年的畫家兼作家丘彥明小姐，與夫婿在阿姆斯特丹與我會面時，也從

<阿姆斯特丹的珠寶店。

The Mill
diamonds
DIAMOND FACTORY
2m
8m
ROKIN
CENTRUM

女人觀點盛讚：「荷蘭女人很漂亮。」

遊荷蘭的最後一天，正值聖誕節。阿姆斯特丹在早上好不容易放晴了。這個古港，冬季一向多陰雨。具備攝影常識的人都知道，在陰天拍的風景照片，色調陰灰，缺乏動人光彩。一定要有陽光，拍到的照片，建築物與風景才會表現強烈反差，使人眼睛一亮。我獨自背著相機，坐上電車，城南城北巡逡，補拍這座阿姆斯特丹「露天博物館」的運河、古屋、遊艇、商店櫥窗，爲我的第二趟荷蘭之行作紀錄。

靜態的景物，可以任憑旅人攝影，最難拍攝的風景，其實是人。我也熱中人像攝影，旅行時雖然只能採現場光對人物拍攝快照，照相簿還是有幾張得意之作，有的曾經配合遊記發表。我想到，目前爲止，關於荷蘭人的丰采，我並沒有拍到好照片。

我想到十七世紀荷蘭畫家維梅爾的代表作《戴珍珠耳環的少女》，薈萃了荷蘭女性的美。這幅肖像畫收藏在海牙莫瑞泰斯莫里斯之家美術館，一九八八年初次到這裡，衆多名畫目不暇給，並未仔細端詳她。第二次看這幅畫的原作，發現浮現在黑暗背景中的荷蘭少女頭像，眼神透露出一股淡淡的哀愁，珍珠耳環閃著瞬間的微光，彷彿在

《戴珍珠耳環的少女》是絕美的荷蘭少女形象，海牙莫里斯之家美術館。

向觀畫者告別。那是一種令人心碎的美。

搭上往中央車站的電車回旅館時，我選擇靠門口的單人座坐下，好對窗外風景拍照。抬頭一看，對面坐著一位紅髮荷蘭少女，她穿著黑色皮夾克，項上圍著綠色圍巾，肩上掛著厚重的帆布旅行包，手裡捧著一大捧花，用紫色的紙包紮。她並沒有戴珍珠耳環，手中那一捧花卻格外搶眼：枝繁葉茂，幾朵含苞待放的豔紅鬱金香，從綠葉叢中伸展而出，在嚴冬時節引發花季的想望。

我們四目相接，互相報以微笑。我冒昧地請求：「我可以拍一張你的照片嗎？花是荷蘭的象徵，也許妳也是。」

四座荷蘭乘客聽得莞爾，荷蘭少女欣然同意：「有何不可？」

我把伸縮鏡頭調到廣角，從近距離拍攝她捧著繁花的上半身。拍攝人像徵求對方同意，是一種攝影倫理。也唯有攝影對象同意配合的照片，才會產生攝影者與拍照對象的心靈感應，才能傳達感情。

我自我介紹來自台灣。她問我來阿姆斯特丹多久，對此地感想如何。我極力誇

荷蘭盛產花卉，荷蘭人習慣以花表達情意。

讚這裡風景優美，居民和善，並說尤其喜歡荷蘭的繪畫。她則是在城裡的學校攻讀荷文教育，趁今天這個假日返鄉探親。

電車到了中央車站，我們下車時，太陽又自雲端半露著臉，遠近建築物發出霞光。我不能錯過這最佳光線。

「我能再拍一張妳的照片嗎？我等待這個晴天已經好幾天了。」我對她說。

捧花的少女暫停趕火車的急促步伐，在運河畔人行道上款款立定，面對我的鏡頭，展露笑靨。阿姆斯特丹的冬陽從她左方灑下，爲她的臉龐形成立體感，將她胸前的花束賦予生氣。荷蘭人慣常以花傳情，我把伸縮鏡頭調整到最自然的五十釐米焦距，從相機的觀景窗裡對荷蘭作最後一瞥。我彷彿看到了春日的鬱金香花園，在陽光與和風下鋪陳著一片花海，蔥蘢縟麗，無涯無際。

羊角村：災後重生的綠色威尼斯

小巴士在午后抵達荷蘭北部威登（De Weiden）自然保護區的羊角村（Giethoorn）之前，在高速公路上先遇到一陣驟雨，雨勢猛得像從蓮蓬頭淋下來，沖掉了小巴士車窗的塵土，也洗出一個浴後的羊角村，迎接我們這批來自台灣的遠客。

羊角村以前是一片樹林與沼澤泥炭，最早的居民是一千兩百年前來自地中海地區的難民。他們開墾處女地時，發現了大量的野羊的角，便把他們的移居地叫做「羊角」。這些死去的野羊，是被一一七〇年的聖伊莉莎白大洪水所溺斃。

後來的兩次大洪水，將羊角村從礦區變成今日的觀光勝地，荷蘭人口中的「綠色威尼斯」。

荷蘭的威登是西北歐最大的泥炭沼澤區，位在兩個橫向的冰磧之間，這兩個冰磧是經過兩個冰河時期形成的。威登因此地勢低窪，氣候潮濕，蘆葦地遍生苔屬植物。這些植物死亡後，形成泥煤。

人們挖出泥煤以後，將它的表面拉長、曬乾，然後切成方塊。爲了處理泥炭，人們開闢了狹長場地。一七七六年和一八二五年的兩次大洪水，淹沒了泥煤處理場，形成了今天環繞羊角村的水域和湖泊。挖泥煤的礦工，後來轉業爲農人，建造了蘆葦屋頂的農莊。爲了交通需要，羊角村人在一九二四年以手工開鑿了運河。

我們一行人到碼頭邊的荷蘭餐廳吃完傳統荷蘭餐，也就是長麵包夾肉片、蔬菜，就從停車場邊平整的運河踏上水上巴士。

水上巴士穿過玉米叢，靜悄悄地轉個彎，緩緩向村中行進。運河兩旁都是老樹、草叢，伸手可及。不多久，就看到羊角村典型的農舍，安詳地佇立在雨中：深褐色磚牆、山形屋頂，屋頂上覆蓋著蘆葦。羊角村的蘆葦一年收成一次，蘆葦屋頂壽命達三十五年到四十年，爲居民帶來冬暖夏涼的家居生活。

這個水上鄉村，有七公里長，住了兩千五百居民，以運河、渠道爲對外聯絡路徑，家家戶戶有船。船隻除了做觀光生意，現在仍用來載運乳牛、牛奶。村民結婚時，平底貨船就充做禮車，船緣鮮花環繞，把新人和親家載到村子的洗禮堂進行婚禮。

羊角村的規模、歷史固然無法與威尼斯相提並論，「綠色」之名，代表了自然，也代表安詳、寧靜。羊角村的機動船，都以電力爲動力，沒有明顯的噪音與空氣汙

（上）羊角村安詳、寧靜。
（右）羊角村的機動船，都以電力為動力，沒有明顯的噪音與空氣汙染。

染。出租給遊客的划艇，行駛時更是寧靜，當地人叫做「耳語舟」(whisper boat)。

坐過威尼斯水上巴士的人都知道，搭乘那種擁擠、嘈雜、顛簸的交通工具，在汽油黑煙中欣賞風景，眞是一大犧牲。羊角村每年僅有數千名遊客往訪，未被過度發達的觀光業汙染。

我們乘坐的水上巴士，以前是用來運牲口的。船家是個瘦長清秀的年輕男子，除了操作發動機，還負責撐篙，在狹窄的河道轉彎。我們像牲口那樣馴服地坐著，透過船窗流淌的雨水，觀看橫跨河道的木架橋一一跨過船頂，移到我們身後。運河兩旁一路有樹，我不禁深深呼吸，享受著水上森林浴。

一七七六年的大洪水，將此地的布雷克村（Beulaeke）化爲今天的布雷克湖。據說，在這個亡靈居住的湖上，每逢風雨夜，仍可聽到嘆息聲、鐘聲。

水上巴士駛出狹窄的河道，來到布雷克湖，雨勢已歇，太陽從雲端露臉，湖面閃亮如軍人的腰帶環扣，我無從想像湖底居住著大批亡靈。湖心島建有一個環形樓閣，供遊客住宿。我跳上湖心島，極目四望，不是浩淼的水，就是植物的綠帶。即使從空中鳥瞰，綠帶和運河之間的農舍，蘆葦屋頂也是自然的枯草顏色，和環境完全融合。

水上巴士從布雷克湖出來，重新進入河道。兩岸綠草如茵，我看到鸕鶿棲息在樹上，天鵝在草地撲翼。自然保護區內的羊角村，還有黑鷺在湖畔棲息，大葦鶯、山雀穿梭在樹叢間。此地的美麗植物，則有白楊、野蘭花、捕蠅草、馬先蒿。

我們看到岸上的村人，向他們打招呼，他們優雅地揮手微笑。

羊角村的風景、居民，好像隨時擺好了pose，準備接受遊客拍照。在觀光之外，羊角村並向遊客提供水上運動、釣魚、露營等娛樂。村中有幾所博物館供人參觀，分別展出珍奇礦石、古樂器、溜冰裝備等，以及採用「羊角村藍」的藍陶。在冬季，河道凍成絕佳的溜冰場，依然吸引著遊客。

回到碼頭的時候，陽光和煦，玉米搖曳。在玉米田的上方，出現一道彩虹。水上巴士的年輕船家，立在船邊，持著長篙，在陽光下擺出勝利的微笑，供我們拍照。

威尼斯在下沉中，一步一步走向死亡。小小的羊角村、荷蘭的綠色威尼斯，卻已是從大水中重生的新生命。

據說在這個亡靈居住的湖上，每逢風雨夜，仍可聽到嘆息聲、鐘聲。

兩部相機與三個孩子

二〇〇一年春節前參加澳門、珠海、深圳旅遊團，我出動了全套攝影裝備：四支鏡頭，從短焦距的超廣角鏡頭到長焦距望遠鏡頭都有；兩個機身，一部全手動式，一部電子式，配合鏡頭交替使用。外加上一支三腳架，還帶了三個孩子。中國大陸的地陪看了莫不嘖嘖稱奇。

珠海、深圳旅遊行程的設計，涵蓋珠海的「圓明新園」，深圳的「世界之窗」、「錦繡中華微縮景區」、「中華民俗文化村」。論起對中國傳統文化的掌握與呈現，台灣的慶典活動、觀光景點與中國大陸根本沒得比，連「小巫」都稱不上。台灣人卻在休閒活動狂熱與家族後裔數量上令中國大陸同胞稱羨。

尤其是關於家族後裔數量，中國大陸有「一胎化」政策的限制。這個政策導致中國傳出殺嬰事件，中國人談起一胎化也流露出一股辛酸與無奈。想到大陸對紓解全球人口壓力所做出的自我犧牲，又令人肅然起敬。台灣人能夠兒女環繞，實應惜福。

（上）珠海「圓明新園」，仿北京圓明園。
（下）澳門海濱一角。

趁著我步履尚健、孩子們遊興未減時，我非要帶著「兩部相機、三個孩子」去旅行不可。孩子們的童年一溜而逝，像是與我捉迷藏的頑童。我在書房、在臥房遍尋不著昨天在我懷裡要抱、愛撒嬌的小傢伙，只見三個小大人在我面前出沒。念國中的大兒子已經高出我半個頭，我和他講話必須仰視；剛上國中的大女兒已是自主性相當強烈的少女了，總是關起房門做自己的事。小女兒還在念國小，只剩她不太批評旅遊景點的優劣，對一切新經驗保持好奇。唯有用照相機鏡頭，我才能一次又一次地將他們的童年停格。詩人的文字力量，足以使愛情永垂不朽，對於童年紀錄的保存，我卻是唯物論者，只相信銳利鏡頭的力量、軟片與相紙上化學藥劑的力量。

這趟親子之旅，我肩背攝影袋、頸掛照相機、背上掛著三腳架，一路追著三個小傢伙的少年與童年，從遊覽車廂到風景區，從自然光下的戶外風景到打閃光燈的室內。我在他們嬉戲時從旁偷拍，在景點要求他們擺 pose。

兒子正值徬徨少年時，臉上冒出青春痘，一向對擺姿勢拍照感到不自在，總是不耐地抬頭說：「有什麼好拍的。」

大女兒起初還願意目視鏡頭，配合我取鏡。兩天下來，漸漸露出不耐之色。跑行程第二天，她在「錦繡中華」的黃山模型前，當著中國地陪、眾多團友公然拒絕讓我拍照。

中國地陪小姐勸她：「那麼漂亮，還不讓爸爸拍照呀？」

大女兒淡淡一笑。

要孩子多加餐飯，可以硬塞，唯有拍照勉強不來，否則我只能拍到一張嘟嘴不悅的小臉。我頹然放下相機說：「好吧。」

地陪更驚奇了：「那麼疼女兒！」

我暫時放棄爲女兒作「來此一遊」的紀錄，還有一個原因：深圳這天下著細雨，光線實在不好。在壞天氣與好天氣拍攝建築物的視覺效果，有「陰冷墓碑」與「黃金獎牌」之差，更別說拍人像了。

在「錦繡中華」參觀時，佇足布達拉宮模型前，灰雲乍散，露出一線陽光。我見機不可失，便借力使力，央請帶團的台灣領隊用我的相機爲我和孩子們拍照。三個小傢伙礙於外人情面，勉強與我一同在鏡頭前呆立了好一會兒，直到身旁其他留影的遊人散去，我才請領隊按下快門，爲我們拍下主題集中、背景單純的畫面。

旅行第三天，旅行團拉車拉到澳門博物館，下了整個上午的冬雨終於停歇，灰雲漸散，陽光照耀小島，景物在充足的光線下一一甦醒。時值下午三時多，陽光斜射的角度正好讓我的相機玩光影遊戲。於是，從一下車開始，我就衝到旅行團隊伍前面，爲孩子們搶鏡頭。先是小女兒，在隊伍中看到我的鏡頭朝她，就別開臉。接著，大女

深圳「錦繡中華微縮景區」俗稱小人國。

兒也感染了這種「反攝影」的情緒，更是加快腳步，逃避我的鏡頭追獵。

澳門博物館坐落在小山丘上，外觀有如一座城堡。隨著澳門導遊走到館外，得到二十分鐘自由活動時間。博物館四周碧草如茵，幾株老榕聳立，陽光像金元寶一般灑落。視線穿過海面上薄紗似的大氣，向北望去，對岸珠海市高高低低的樓宇，色彩淡雅，從海濱蜿蜒到群山上。不論是拍攝背景模糊的人像特寫，或是以清晰的風景作人像背景，都極爲適宜。大兒子帶著小女兒在草地和石階上追逐，我便調好鏡頭光圈，請大女兒迎向橙黃的陽光讓我拍照。

「不要！」沒想到她的回答是這樣的。

「爲什麼不要？」我放下舉到一半的照相機。

「你不得到我的同意就拍照！」大女兒不悅地把臉側開。她點出了：攝影者是玩弄權力的人；攝影者讓拍攝對象變成被觀看的、物化的「他者」。

「那樣才自然呀。」我解釋我的搶鏡頭行爲。

「有時候人家很醜你也照！」她提高抗議聲。

這使我覺得自己是偷窺者，我更心虛了。

「喔。那我以後都先徵求妳的同意好不好？」

「拍太多了！」

看看腕錶，團員集合時間將至。我更爲著急，講出大道理：「爸爸拍照，是要爲你們保存童年的回憶。如果旅行沒有買紀念品、沒有拍照，就像沒去過這個地方。你看，爸爸好不容易把假期和你們的假期安排在同一個時間，我們才能出來旅行。爸爸又背著那麼重的照相機出來。現在光線很好，你一定要讓爸爸拍。」

她繃著臉不說話。

我極力維持平和語調，使出軟功：「爸爸是疼妳，覺得妳美，才爲妳拍照。」

「心情不好，拍出來也醜的！」

這眞是教我無可辯駁。板起面孔，拿出家長權威，也沒法讓大女兒就範。我從攝影嗜好養出奮不顧身以取得畫面的習性，便在瀏覽風景時換上焦距二十釐米的超廣角鏡頭，對準兒子和小女兒拍照，趁機將賭氣走在後方或旁邊的大女兒一併攝入。

大女兒起先低頭不語，回到遊覽車上同坐，她的不滿爆發了：「爸爸，你要是再假裝拍哥哥和妹妹來拍我，我就再也不跟你和好了！」

我忙向她陪不是，並且暗喜我的女兒小小年紀如此精明。遊覽車開動，澳門導遊向旅行團推銷「澳門回歸紀念錶」，這種手錶戴在手腕上，錶面會隨人體溫度而變色；上層錶殼掀開來，下層錶殼裝著兩粒活動骰子，可以用來賭博，代表了澳門的特色——博彩。我買了三只，三個孩子一人拿到一只，好奇地試玩，大女兒這才被吸引得心情轉變，笑逐顏開。後來，我總算又捕捉到他們幾個零星的鏡頭。

我還是覺得有點受傷，攝影裝備壓得我幾乎跛腳。愛，就是這麼一回事：你得隨時準備接受被你所愛的人傷害，因爲只有你在乎的人才能傷到你。你舔舐傷口時，若從中嘗出一絲絲甜味，那即是愛的另一番滋味。

總的來說，在這場用鏡頭追獵孩子童年的行動中，我早已穩居勝面。當我倒捲相機中拍完的底片，團友們問我曾經爲孩子們拍了多少照片，我笑著說：「幾十本了！」

我們去看雪

遊覽車在名古屋往東京的高速公路上奔馳，車外一片寒風細雨。靜岡縣的茶園包夾著公路，茶園中挺立著一根根的高架電扇，有的葉片正在旋轉，以吹散茶樹上空的水汽，防止霜凍。女導遊持著麥克風向全車乘客說：「放心，你們一定可以看到雪。東京正在下大雪。」

她補充一句：「你們都是孝子，小孩高興就高興。」

資深女導遊閱人無數。她宣稱帶過尼姑團來名古屋注射抗老化的胎盤素。她也帶過乩童團，一團人參拜日本神社後，大有感應，在遊覽車上先後起乩，一車人大哭大叫。

我們這一團，包括十四人的家族，四個小家庭，有需要攙扶的老嬤嬤，有銜著奶瓶、不太會說話的小娃娃。大人們平日爲事業奮鬥，年輕時都追求過個人享受，到頭來要以兒女的快樂爲快樂，這意味著我們心境都老了。我起了滄桑感。

兩個女兒坐在我的前一排座位，四隻圓睜的眼睛不住向門窗外搜尋雪的訊息。大女兒在台灣看到旅行社的行程表有玩雪，就笑得兩頰鼓起，小女兒昨晚在旅館還說：「啊！明天可以看到雪。」

我盤算著到了富士山HOW樂園，要和女兒租個雪盆，從高坡雪地俯衝而下，享受雪地有驚無險的樂趣。旅行團的娃娃們像清晨的雀鳥一樣喧譁。團員中的大人們都是「孝子」，深通這個道理：爲所愛的人製作娛樂節目，爲對方帶來歡樂，是愛的最佳實踐之道。執行這件任務，要有準確的眼光，新穎的創意，更要有危機處理能力，應付突發狀況；還要有良好的情緒管理能力，隨時化解中途的不快。

女導遊透過行動電話聯絡傳來的雪訊，最初是大喜的紅色：「HOW樂園下大雪積雪四十公分，你們可以痛快玩雪。」一小時後轉爲帶憂的藍色：「樂園在山上，山路積雪太深，遊覽車上不去，我們直接開往富士山河口湖旅館。旅館外面積雪有四十公分，你們一樣可以玩雪。」到了晚上七時，遊覽車開到半山腰，最後消息是絕望的、如車窗外的夜一般的黑色：「到旅館的山路因爲大雪封閉，我們要到靜岡縣市區另外找旅館。」

因爲高速公路沿途地區大雪，下高速公路的交流道紛紛封閉，往東京方向一路塞車，下了普通道路亦然。聽到三十五人必須另覓旅館的消息，我們已經拉車拉了十一

東京地區三十年來僅見的大雪，覆蓋了溫泉山莊。

個小時了。娃娃們除了尿急，讓大人們用嘔吐袋尷尬地解決了外，一路都找到了樂趣。

在高速公路看到從東京方向來的車輛，車頂積雪，像灑了一層冰糖，娃娃們指著窗外大叫：「雪！」愈接近富士山區，對向而來的車輛積雪愈厚。後來我指給女兒看的路邊車輛的車頂積雪，有我們的行李箱那樣厚。

在雪夜找到一家樹林邊的便利商店解手，我們下車便進入聖誕卡的世界。我的姊妹花快樂地踩雪、踢雪。

電視電影上看多了的災難片無情的雪崩、動作片染上鮮血的雪地、文藝片襯托淒婉戀情的雪落，那不是眞的雪，只有把自己的腳踩上雪地，那種雪才是眞實的。商店門口被人踩平的雪硬又滑，我差點滑了一跤。屋簷下沒人踩過的雪堆，則是鬆軟的發糕，一腳踩下去便塌陷。我帶著姊妹花捏了幾個小雪球，往黑夜裡一擲便消失不見，可能落到聖誕卡世界之外了。頑皮的小男孩並躺在雪地擺姿勢，給家長照相。

遊覽車帶著整團人，在靜岡縣市區尋找餐廳和臨時歇腳的旅館。白皚皚的雪，覆蓋了街道、加油站、房舍，像個橡皮擦，擦掉了世界表面的一切汙穢與凌亂。鏟雪車高舉雪鏟，清出車道，像螞蟻一樣忙碌。這場東京地區三十年來僅見的大雪，使得戶外遊樂設施停擺，高速公路出口封閉，風景區大塞車，各個社區管理員和店家忙著掃門前雪，是日本人生活中的大困擾，卻是台灣觀光客生命中的恩賜。

遊覽車在雪夜的山路盤旋，謹小慎微地轉彎，在針葉林掩映的山莊停下。這家山莊客房除了木床和簡樸的木桌椅，沒有電話，沒有浴室，卻能一次容納三十五人住進。整個山莊被雪包圍，對我們來說是一種幸福。停車場還有小客車幾乎完全被雪埋沒，只剩車窗露在雪堆外。我和女兒們把走廊圍欄上厚如生日蛋糕的積雪向外捶，踢到庭園裡。

這對姊妹這一夜睡得很沉，我則是連連做夢。第二天清晨，我在曙光中最先起床，向富士山的方向遙望，遠遠近近的樹林和山巒全被白雪重描了輪廓。我把姊妹花叫起床，領她們到林間一大片雪地親近雪。厚厚的白雪，一腳踏下去，甜津津的，像棉花糖一般縮了。我的雙腿陷在雪中，深及膝蓋，姊妹花踏著我的腳印徐行，歡笑聲足以震落松枝上的積雪。這是我許諾她們的寒假禮物。

山莊前廣場上，旅伴們全在雪地中歡欣活動。朝陽升起，我們的瞳仁反射著耀眼的雪光。一位機靈的家長，找到一把雪鏟，就在路旁堆起雪人。全家人圍著雪人，向鏡頭擺出勝利的V字形手勢。團員裡可能有夫婦在家中曾經大打出手，可能有人罹患初期重症，雪，掩埋了一切不快，讓家人歡聚。

我們心滿意足地乘車離開山莊，市區的柏油路經過鏟雪車連夜清理，露出深灰色

的柏油路面。

女導遊拿起麥克風說：「昨天有一個旅行團，不相信河口湖旅館關閉，遊覽車上山上到一半，結果前面積雪上不去，想要退回去，後面的路也積雪太深，車子怕打滑，結果一團人在車上過夜，今天早上下山的時候，男團員還下車幫忙鏟雪。」

女兒說：「哇，好險！」她們拿出行程表，討論今天要遊玩的景點：多摩新市鎮 Hello Kitty 樂園。

陽光催化著雪融，公路兩旁的樹林不再覆蓋積雪，只有林間草地散布著片片殘雪。我為著離開了聖誕卡的銀色世界感到惋惜。我感到自己正快速老去，我的生命在時間的威力下每時每刻都在消融，像那殘雪。我不知還能為孩子們製造多少歡樂。

偶爾一抬眼，車窗外，遠方雲霧不知何時散去，蓋滿白雪的富士山像個巨大的霜淇淋，立在半空中，從高速公路隔音牆的巨大缺口直直推到我的眼前。

多摩新市鎮 HELLO KITTY 樂園的演出，是小朋友的最愛。

每天的嘉年華

一走進東京迪士尼樂園，童話城堡遙遙在望。乳白色建築占據了天際線，十幾座塔樓，集爲一束，排成山形，藍色塔頂像削尖的鉛筆，指向湛藍的天空，彷彿有故事要說。

我的兩個女兒叫出：「灰姑娘城堡！」她們命我立刻拍照。

我知道這個出現在迪士尼動畫片《仙履奇緣》的城堡，是仿自西班牙塞戈維亞市的阿卡沙童話堡，向城堡報以冷眼。

迪士尼樂園，像任何主題樂園一樣，都是對現實世界的一種可悲的追憶、可笑的模仿，讓無力參與現實世界的人獲取替代性的滿足。

迪士尼動畫片是人爲的虛擬世界，是對經典故事披上糖衣的鏡像。米老鼠、唐老鴨的故事，以違反物理學原理的方式將暴力行爲

東京迪士尼樂園：米老鼠列車來嘍！

的後果喜劇化。格林童話改編的迪士尼動畫片，王子與公主的故事總有美滿結局，帶給觀眾美好的幻覺、被欺騙的幸福、僞福音。

迪士尼樂園更是鏡像的又一道鏡像。迪士尼影片是現實的鏡像，未來樂園、卡通城、夢幻樂園、動物天地、西部樂園、探險樂園這些遊樂區，又從迪士尼影片取材，再模擬影片場景。

如果我一人獨遊，我是不去迪士尼樂園的。九年前隻身到歐洲自助旅行，到了巴黎，一心要朝拜美術館、造訪古建築。住宿的旅館有專車直達市郊的歐洲迪士尼樂園，我瞥見宣傳小冊放在旅館櫃檯上，翻都沒翻。成人的心智、知識分子的思維，阻止著我探索新經驗。

這回帶著念小學和國中的女兒，透過她們的眼睛，我才能用孩童的天眞眼光看世界，重新發現失落的幸福。我用文化批判的角度解構的迪士尼樂園，她們在我眼前重新組合。

兩姊妹像迪士尼動畫片中的愛麗絲，以倒栽蔥的方式跌入神奇的洞穴，處處都有歷險，時時都是驚奇。立體電影院的獅子、蟒蛇迎面撲來，嚇得小女兒摘掉偏光眼鏡，事後她還津津樂道。坐「太空山」的雲霄飛車，引得她們發出悅耳的驚叫，像小提琴高把位的演奏。臨近仙履奇緣城堡，不喜擺姿勢照相的兩姊妹，在鏡頭前耐心地等待我按下快門鈕。「米奇之家」木料打造的家具，造型竟呈曲線，和動畫片一樣，我和孩子們不禁撫摸這些家具的外表，流連不止。在紀念品商店，女兒們把卡通造型的飾物一個一個拿起來端詳，看了一家又一家。

迪士尼樂園是日日舉行的嘉年華會。走出一項遊樂設施，忽聞全園區迪士尼動畫片音樂聲大作，和著日本大鼓聲，夾道的遊客或蹲或坐。音樂和人群，迎來了迪士尼大遊行隊伍。白雪公主、灰姑娘、睡美人，與她們的王子站在拱門花車上，翩翩起舞，向遊客揮手。一輛接一輛的氣球花車，把迪士尼動畫片的可愛角色送到我們眼前。遊行隊伍過去了，再玩了幾個遊樂項目，不知不覺幾個小時過去，一走上遊園道路，又是另一個時段的迪士尼大遊行，由樂隊指揮裝扮的米奇領頭。「美好時代」、「黃金年華」、「歡樂時代」，三種遊行陣容，我們都是意外碰上。

我想，應該早幾年帶孩子來的。小女兒遙遙審視了「豪華輪馬克吐溫號」，見一群遊客坐在仿造的美國拓荒時期輪船，在一個池塘裡兜圈子，我問她要不要玩這個項目。她的回答是：「好無聊！」

愈是天真的孩童，愈能被哄誘、被驚嚇，在迪士尼樂園得到多種樂趣。

迪士尼樂園不會破壞自己製造的歡樂。園區服務人員態度親切隨和，好像他們是義工，你不用擔心花錢買氣受。遊行隊伍的舞者肢體動作奔放，笑容燦爛，顯示他們

（上）迪士尼樂園就是要帶給你無限歡樂。
（中）米妮是米老鼠的伴侶。
（下）白雪公主嫁給了王子，圓滿結局。
（左）米老鼠在城堡向孩子們打招呼。

熱愛自己的工作，以取悅遊客爲榮，不像空服員在乘客登機離機時只能擺出刻板的笑容。東京迪士尼的餐飲昂貴，是遊客唯一詬病之處。但是園區多個角落設有飲水機，不強迫你購買他們的飲料。園區外有野餐區，供遊客進食自備餐點。我和孩子得到一整天的美好消費經驗。

人的能力有限，只有藉助人造奇蹟和消費行爲來爲所愛的人製造歡樂。父母會發生兩性間的戰事，家庭的「雙首長」會因家事主張不同而角力，婚姻的恐怖狀貌難免不經意地在孩子面前展現。遊玩迪士尼樂園，我當作父母對孩子的一種補償，兼一種預防。

自然會欺騙，藝術會欺騙，迪士尼樂園也會欺騙。遊客知道那是欺騙，沒有美夢破滅之虞，被騙是美好的。迪士尼告訴你歡樂的短暫，不許諾永永遠遠。當燦爛的高空煙火施放完畢，夜晚關園時間來臨，遊客帶著惆悵散去，歡樂的遊園經驗，卻已是既成事實，可用以抵禦生活中的不幸、對未來的恐懼。

旅行期間，我帶女兒在東京逛街購物，在紀伊國書屋新宿店買到《迪士尼歌曲大全集》鋼琴譜，銅版紙精印，歌詞日英文對照，配有迪士尼動畫片彩色插圖。剛才聽到大女兒的書房揚起圓滑可愛的迪士尼旋律，是她對著琴譜在彈奏哪。

我們去過迪士尼，明天的不幸抹殺不了昨天的歡樂。

桂林耽美

山的墨章在桂林的天空暈開，峰頭高低起伏，遠遠看去，是五線譜跳躍的音符。灕江哼著青山譜出的曲調，徐徐踏著芭蕾舞步前行。我在船上目迎一山又目送一山，再不時將視線投入薄荷綠的江水，讓波光洗濯我的雙目。

近看灕江兩岸，山，手牽著手，圍成圓圈繞著船跳舞。間有一座山脫隊獨舞，扮成器物或人物，逗人發出微哂。船走遠了，山，歸隊告別，令人泛起輕愁。

造物者用工筆勾勒細緻的峰林，用寫意描繪蜿蜒的灕江。有時，在河道轉彎的地方，一座挺拔的青峰攔道，石灘橫陳，灕江似欲竭盡。挨近時一看，原來造物者用枯筆畫出河曲，遊船安然浮在清淺的江水之上。遊船移時又進入濃墨重彩的河段，鴨群江面浮泳，黝黑的村童在江中嬉戲，河岸邊坡奔騰著一道瀑布，注入江流。

船艙有絲聲、竹聲、肉聲揚起，清越悠長，飄向江面，在群峰之間繚繞。桂林市旅遊局安排了劇團到客艙獻聲，男團員分別以二胡、琵琶、竹笛伴奏，一位目光晶瑩

INK PUBLISHING

讀者服務卡

您買的書是：＿＿＿＿＿＿＿＿＿＿＿＿＿＿＿＿＿＿＿＿＿＿＿＿

生日：＿＿＿＿年＿＿＿＿月＿＿＿＿日

學歷：□國中　□高中　□大專　□研究所（含以上）

職業：□軍　□公　□教育　□商　□農

□服務業　□自由業　□學生　□家管

□製造業　□銷售員　□資訊業　□大衆傳播

□醫藥業　□交通業　□貿易業　□其他＿＿＿＿＿＿＿＿

購買的日期：＿＿＿＿年＿＿＿＿月＿＿＿＿日

購書地點：□書店　□書展　□書報攤　□郵購　□直銷　□贈閱　□其他

您從那裡得知本書：□書店　□報紙　□雜誌　□網路　□親友介紹

□DM傳單　□廣播　□電視　□其他

您對本書的評價：(請填代號 1.非常滿意 2.滿意 3.普通 4.不滿意 5.非常不滿意)

內容＿＿＿　封面設計＿＿＿　版面設計＿＿＿

讀完本書後您覺得：

1.□非常喜歡　2.□喜歡　3.□普通　4.□不喜歡　5.□非常不喜歡

您對於本書建議：

感謝您的惠顧，為了提供更好的服務，請填妥各欄資料，將讀者服務卡直接寄或傳真本社，我們將隨時提供最新的出版、活動等相關訊息。

讀者服務專線：（02）2228-1626　讀者傳真專線：（02）2228-1598

廣　告　回　信
台灣北區郵政
管理局登記證
北台字第15949號

235-62
台北縣中和市中正路800號13樓之3

印刻出版有限公司　收

讀者服務部

名：________________　性別：□男　□女

遞區號：__________

址：______________________________

話：（日）______________（夜）______________

真：______________

mail：______________________________

INK

（左上）陽朔「世外桃源」景區。
（中）廣西處處是這種山水畫風景。

的女歌手，演唱青海民歌〈花兒與少年〉、壯族民歌〈只有山歌敬親人〉，她的音色如潺湲的水聲，她的咬字如石灘上歷歷可數的鵝卵石。

桂林人慣看好山好水，這一次來，我發現許多桂林人生著一對晶瑩含笑的美目。美景造就美目，美目復對美景進行再創造，桂林的峰林——槽谷岩溶地貌，因美目與詩心而有了全新的存在。

遊桂林就是做神仙。八年前，我在灕江畔的楊堤登岸，然後走出桂林的山水圖卷，退出仙班，走回日常生活的塗鴉歲月。把桂林歸入記憶庫，作爲永恆的圖像檔，在生命的灰暗時刻叫出端詳。

二〇〇一年八月下旬，詩人余光中先生和我同遊桂林。自台北搭機飛往桂林的前一天，發生了九一一恐怖襲擊事件，電視新聞不斷重播影片：恐怖分子劫持的客機撞進紐約世貿中心雙子星大樓，熊熊火焰升騰，碎片飛揚飄散，煙塵瀰天蓋地，現代文明與世界主義的象徵在恐怖的一擊之下化爲瓦礫。在這個歷史時刻，恐懼的病毒在鏡頭下向全球散播，世人對新世紀的樂觀期待被世貿中心的滾滾煙塵所吞噬。地球的任何角落都不再安全。我在桂林接觸到的旅遊業者說，正在中國大陸跑行程的美國旅行團，驚聞九一一噩耗，一路爲之沮喪不已。

旅遊，是把日常生活的一部分截掉，去體驗更超越的生活。桂林旅程第一天，在

灕江遊船有絲聲、竹聲、肉聲揚起，清越悠長。

靈渠公園步道，同行的大陸記者朋友發現一樹早發的桂花，在樹下停步，即興對著詩人和詩人的妻子范我存、四女兒季珊，清唱侗族的迎賓歌〈桂花開放貴人來〉。婉轉的歌聲，串起了一行人的情誼。

靈渠位在桂林東北六十六公里的興安縣，開鑿於秦代，是最古老的運河之一。靈渠旅遊公司早在公園的一塊空地擺好長桌，備妥紙筆硯墨，請余光中題詠。

詩人將蘸飽墨汁的毛筆懸在半空中，面對宣紙上的一片虛無。靈渠接待人員、桂林市旅遊局官員、大陸記者群、遊人環伺，靜默無聲，紋絲不動。外界的雜訊在詩人的心中消失，詩人的意識微波不興，通透澄明，映照出風景的清晰倒影，再以美麗的語言概括地表現：

心有靈犀通靈渠

寥寥七個字，詩人在片刻間在符號的世界開鑿了一條靈渠，溝通了物質世界與心靈世界，如同靈渠短短三十七公里的河道溝通了長江、珠江兩大水系。

作家用文字在心靈世界建設主題樂園、實現夢想，企業家則以行動征服物質世界。與靈渠同在興安縣的樂滿地休閒世界，是台灣元大集團總裁馬志玲在桂林實現的一個壯麗多采的夢。

桂林現有面積兩萬三千平方公里，下轄十二縣，在一九八九年六四事件之後不久，外商對中國大陸投資悲觀卻步之際，馬志玲相中了桂林市轄下興安縣一百二十萬坪丘陵地，與當地政府簽約長期租用。閒置五年之後，馬志玲投資一億五千萬美元，開發了主題樂園、度假村、高爾夫球場、五星級飯店，以及我們一行人落腳的小木屋。爲了使遊客便於光顧樂滿地，馬志玲與桂林市政府合力把桂林市中心通往興安的道路拓建爲四線道一級公路，說服廣西壯族自治區政府興建桂林兩江國際機場、開闢高速公路直通樂滿地。馬志玲請來曾經參與規畫美國迪士尼樂園的專家爲樂滿地設計主題樂園，建設了歡樂中國城、美國大西部、夢幻世界、海盜村、南太平洋。馬志玲把樂滿地打造成老少咸宜的遊覽勝地，大人在沿湖步道漫步賞景，青年男女來到情人閣許願討吉利，小孩在海盜船、飛艇衝浪得到刺激。樂滿地爲當地提供了一千兩百個就業機會，改變了當地人的生活習

詩人余光中在灕江遊船題字。

慣。以往興安農民愛打鳥烹食，有「鳥不過興安」之語，如今農民爲了觀光收入不再打鳥，樂滿地的靈湖如今吸引了大批留鳥和候鳥棲息。馬志玲愛茶花，便在樂滿地開闢茶花谷，用網室培育這種嬌貴的花。

樂滿地的清晨屬於詩人，松樹的葉尖垂掛著一滴滴甦醒的露珠，小木屋所在的森林泛起一層薄霧，遠處的侗族風雨橋在林木掩映中橫跨靈湖。我們踏著石蹬下山，登上使用電瓶爲動力的玻璃鋼划艇「康熙號」，靜靜在樹林間的靈湖巡航，行駛在湖水倒映的天空之上，迎接兩個朝陽分別自湖中和空中升起，一面掀開船上的小籠包蒸籠、在杯中注滿豆漿。余光中說，這樣的早餐使他想起法國印象派大師雷諾瓦的名畫《船上的午宴》。我好像融入了雷諾瓦筆下的優雅畫面，分享到法國中產階級聚會的溫馨愉悅。

灕江畔的冠岩，也是台商投資開發的。這個幽奇的地下溶洞共有三層，水洞與旱

廣西師範大學的學生，盛裝迎接余光中到校演講。

洞相連，有一條可以行船的地下河注入灕江。洞中石鐘乳的縱深更勝桂林蘆笛岩，投射燈鎖住時，光彩奪目似天堂；冠岩洞穴的幽深，又似地獄。我恍如進入但丁《神曲》的世界。一行人以徒步、搭乘軌道車、乘坐多人座划艇三種方式遊覽之後，再搭乘電梯，須臾間回到地面。

桂林令藝術家忙碌，形成龐大的耽美族群。攝影家僱用助手，扛著笨重的器材翻山越嶺，尋找最佳的取鏡角度與時機，但求以最獨到的構圖與光線表現灕江。桂林山水畫發達，有順口溜說「桂林山水甲天下，山水字畫到處掛」。桂林是壯、侗、苗、瑤少數民族聚居之處，村寨以嘹亮樸誠的迎賓歌歡迎遊客。歷代騷人墨客書寫桂林的作品，堆積成一座高峻險拔的大山，詩人余光中直呼「桂林是一道難解的習題」。

在桂林甲山珍珠館聽取店員介紹珍珠形成的歷程，我不禁想到：藝術創作過程也是如此。砂礫或其他異物進入珠貝，刺激珍珠囊分泌珍珠質將異物層層包裹，展開綜合的過程，日積月累，珠貝終於將異物轉移成亮麗圓潤的珍珠，完成創作。在珍珠形成過程中滲入了鐵質，就會形成黑珍珠，這種奇品是珍珠的極品。桂林石峰因奇而美，中國藝術傳統也是以奇為美，文人推崇奇文，珍愛奇書，搜剔奇情，書寫奇觀。

灕江長年吸引著世界各地的人來此交會，桂林人以務實做法維護這個優質水景，支撐起浪漫的詩意。灕江遊船年營業收入達人民幣三億元，是桂林的經濟命脈，上游建有水庫，在枯水期放水以供行船。爲了維護灕江的水質，當地政府關閉了沿岸五百家工廠，市區的家庭廢水先導入汙水處理廠再排放。爲了消除灕江沿岸農民砍柴燒火的誘因，當地政府爲農民施設沼氣發電。對於遊船，桂林市當局提倡「淨菜上船」，以免船上廚工將菜渣丟棄江中，並謀求解決遊船上食物加熱和柴油汙染的問題。

桂林是模範的環保城市，更具備旅遊城市的典型性格：開放、多元化，既注重保存在地文化又積極融合外來文化，市民見多識廣而見怪不怪，對外地人張開友誼的雙臂，一切以取悅遊客爲優先考量。雄心勃勃的人來桂林投資，就美景做美夢；傷心落寞的人來桂林休養，藉山水滌蕩胸懷。陽朔是微型的桂林而物價低廉、民風更開放，是避世的好所在。廣西人自豪地說「廣西無處不桂林」。如果全中國的城市都像桂林這樣旅遊化，會是多麼美好。儘管桂林市區的中心廣場周邊開起美式速食店麥當勞，街道畫設了行人徒步區供遊客徜徉購物，遊桂林的最大樂趣，還是要從文化內涵來發現。

我記得才回到台北，我就對桂林起了鄉愁。台北街景被納莉颱風造成的洪水毀容，成了一幅漫漶的水彩畫。九一一事件的後續報導訴說著：戰神的龐大身影在紐約世貿大樓的廢墟中站起來了。世界還有何處宜人？桂林沒有颱風，灕江在整治前曾經氾濫，但都很快消退，因爲有無數的地下溶洞吸收洪水。桂林沒有地震，因爲造物者

造物者用工筆勾勒細緻的峰林，用寫意描繪蜿蜒的灕江。

要在地下溶洞永久典藏祂的雕塑作品。峰林是桂林秀麗的容顏，灕江是桂林玲瓏的軀幹，外國人喜歡長住、中西符碼紛陳的陽朔，是桂林的性感帶。我吹起自陽朔「世外桃源」景區購回的蘆笙，回想「世外桃源」夾道迎賓的苗族姑娘擰我的耳、踩我的腳表示愛意。「世外桃源」的河畔有一個桃花村，栽植以高科技開發出的新品種桃樹，在初秋的九月綻放灼灼桃花，綠葉之上浮著一片粉紅色煙雨，遊船上的我感到難以置信，只能當作仙界才有的奇蹟。

透過味覺記憶，最能強力喚起對於桂林的整體記憶。在獨秀峰一帶的一家桂菜餐廳與廣西師範大學學者共進午餐，席間談魯迅、談美學，是我在桂林的最後一餐。桂林天熱，用餐照例先上湯開胃，兼作清補。第一道菜是竹蓀甲魚湯，鮮美柔滑。接著上桌的桂菜有清蒸鮑魚、竹香魚米、素燜板栗、荷香豬手、鮮果片皮鴨、菜膽蹄筋、干貝燒烏參、清蒸百花魚、荷香秋蓮扣肉、紅燒蛇段。紅燒蛇段是將眼鏡蛇去鱗切成段，配以佐料紅燒。蛇肉表層的蛇皮，發著烏光；蛇肉的腥、韌，糾纏著齒頰。吐出一串細細的蛇骨，食客頓感置身山野。這就是桂林，有歷代文人的風流，有斑斕多彩的少數民族奔放的野性，靈秀山水蘊含著無窮的生命力。

人與神的狂歡節

看鹽水蜂炮，是在台灣過元宵節的第一選擇。蜂炮危險，只有把自己關在電話亭裡或是坐在防彈汽車裡，才能眞正安全地觀賞鹽水蜂炮。如果怕被蜂炮痛螫又想看蜂炮，那麼何必專程趕到鹽水呢？乾脆坐在電視機前，邊吃元宵邊觀賞擬像仿眞的鹽水蜂炮吧。

既然拒絕了鏡像的誘惑、否定媒體製造的滿足了的幻覺，來到鹽水觀賞蜂炮，不論多危險，一定要跟隨神轎遶境遊行，參加「犁炮」。到鹽水國中操場觀賞蜂炮集中施放，那是官方主持的普遍級活動。找制高點隔岸觀火，那是純觀光客、沙龍攝影家的行當。唯有衝進鹽水蜂炮的爆炸威力範圍，擔任觀衆兼演員，才能眞正參與這個盛會。

鹽水蜂炮文化祭是台灣人的狂歡節。俄羅斯二十世紀思想家米哈伊爾·巴赫金對歐洲狂歡節文化的分析：顚倒一切等級、打破一切界線，同樣適用於鹽水蜂炮祭。庶民是狂歡節主角，鹽水人是狂歡節東家，在蜂炮祭，鹽水人的權力比政府還大。那使得鹽水成爲一座大炮城、在大街小巷呼嘯著亂竄、炸得全鎮人跳腳的蜂炮，在政府的法令中竟然列爲非法物品，絕大多數由地下爆竹工廠製造。二〇〇二年元宵節的前一天，鹽水郊區一家地下爆竹廠疑因組裝「炮城」不愼引爆炸藥，造成六人死亡的慘劇，鹽水人不改舉辦蜂炮祭的決心，政府也不敢踩熄蜂炮祭已經點燃的引信。

鹽水的元宵蜂炮活動有一百多年歷史。相傳當年鹽水瘟疫流行，死者不計其數，地方人士遵照關帝君降旨，在正月十五日請出武廟供奉的關帝君遶境祛邪，神轎所經之處一路施放鞭炮，瘟疫終告祛除，元宵節放蜂炮的習俗遂流傳至今。蜂炮祭是人與神溝通的重要手段，是生命戰勝死亡的歡慶。武聖代表著勇氣，鹽水蜂炮祭讓參加的人練膽。武聖也是信義的化身，鹹土地的兒女無論如何不能毀棄對神明、對鄉親和國內外遊客的承諾，在景氣衰退、悲欣交集中，也要燃放蜂炮。

鹽水人爲這個元宵節準備的炮城，估計超過兩百座。或謂蜂炮祭爲鹽水人帶來商機，事實上，認捐炮城的人家本身無利可圖，還要開流水席宴請賓客，受益最大的是聞風而至的外地攤販。鹽水人相信蜂炮能辟瘟祛邪、招財納福，蜂炮祭冒險性格所展現的豪情，傲視世界各國狂歡節，連西班牙奔牛節「人跑給牛追」的活動也相形失色。蜂炮祭是鹽水人的榮耀，鹽水人所得到的最大報償，是精神上的。

元宵節的黃昏，火風暴即將來臨，我背著尼康相機，拎著購自鹽水街頭的犁炮「全配」：全罩式安全帽、圍頸毛巾、棉紗手套、活性炭口罩，按照商家告訴我的路線，參觀了鹽水古蹟八角樓，信步走到附近的鎮南宮，廟方開放擺在主殿的炮城供人參觀。揭開廟門口遮覆的塑膠篷布走進去，兩排木架相併，上下各有一個半人高，左右各有一輛公車那麼長，木架上有十餘層橫板，每層橫板放置著層層疊疊的蜂炮，彈頭朝外。炮城中段留了一個門洞，可容一個人進出，算是城門。鑽進城門，炮城內部空間有兩個人寬，兩側是密密麻麻的蜂炮竹柄，統統染成紅紫色。炮城外表貼著紅紙條，上書「奉祝文衡聖帝千秋」。文衡聖帝是關帝君的別稱。

廟方導覽人員是個熱誠的年輕人，他向遊客指出炮城主引信的位置，一再告誡在這裡絕對不要抽菸：「這座炮城要在今天晚上九點施放。」他說，幾年前，鹽水福南宮一座造價百萬元的炮城，元宵節下午被意外地引燃了。結果怎麼辦？廟方立刻請人趕製一座，在晚上照常參加蜂炮祭！

爲了配合蜂炮祭，鹽水在元宵節下午四時以後禁止汽車進入，中正路的大街淨空，鹽水廣濟宮五府千歲的神轎遊行到此，上演了蜂炮祭的前戲。前導人員引開大街上行人，商家在大馬路中央引燃一串電光炮迎神，柏油路面一陣炸響劈面而來，直衝耳鼓，火光亂竄，硝煙味衝鼻。緊接著，另一名大漢在外線車道舉起盒式蜂炮施放，

（上）民間遊藝是蜂炮祭的前戲。
（下）神，在信眾的身上顯現。

這種蜂炮像多管連發火箭，十餘枚蜂炮拉著尖銳的哨音飛到我腳前爆開，鞭打著柏油路面，令我的心臟狂跳。我想到這就是我向鹽水蜂炮尋求的：讓我的耳膜接受狗吃蛇咬的凌虐，讓我的身體接受石碓、石磨、大鋸的刑罰，讓我的靈魂產生死亡和新生的不斷變形。

在喧天的嗩吶聲中，十餘名壯丁踏著舞步，扛著五府千歲神轎進入視界。那木工雕花的轎身、轎頂的金黃繡帷，出自民間藝師虔誠的巧手。街道兩旁的善男信女一個箭步搶到神轎進行路線之前，快速有序地在車道中央跪成一縱列，讓神轎輾過他們的頭頂。神轎走到街尾掉頭，數十名眼明手快的信眾又起身飛奔，換個方向搶到神轎前膜拜頂禮、過神轎，一位白髮老太太顫巍巍地過神轎，由家人攙扶著起身。神轎離去，信眾雙手合十送別。神，在信眾的身上顯現。飽讀無神論存在主義的我，感到一股無形的強大力量凌駕在我的意志之上。人是那麼渺小脆弱，我們的命運掌握在眾神的手中。神是眞實的存有，神像超越了物質的屬性，和藝術品一樣，屬於英國哲學家卡爾．巴伯所說的，在物質世

武廟炮城城門可容一人通行，可想威力之大。

界、心理世界之外的「第三個世界」，人類心靈產物構成的世界。

鹽水武廟前的北門路在蜂炮祭成了市集，烤玉米飄香，烹熟的蟹塊閃著鮮紅色澤，意麵、米粉冒著蒸氣，油條配杏仁茶是古早味餐點。我一路呑嚥著這些鹽水特色小吃，在天黑前來到武廟前一家冷飲店走廊下，叫了一杯冰紅茶，等待武廟起炮，啓動當晚的鹽水蜂炮活動。武廟的炮城也是紅色城門造型，矗立在廟口大街，正對著武廟。一名黝黑精壯的漢子，在炮城前面舞著大關刀，他赤裸的上身掛著兩張神符，神態威猛，像是廟裡走出來的神祇。電視台攝影機在冷飲店門口高高架起，有籃球框一般高，攝影記者和攝影機周圍嚴嚴實實圍了一圈護網。炮城四周的人群戴好安全帽、口罩、手套，圍著炮城等候。我和炮城相距雖然只有一節火車廂的長度，但是中間有層層人牆作爲屛障，我並未戴上防護裝備，也沒有注意到引爆炮城的前奏曲：「犁轎」的儀式已經開始。

「起炮了！」最前線的人一陣驚呼，向後退過來。炮城主引信吐著火花，嘶嘶怒吼，先頭一群蜂炮射向低空，畫出絢麗的光跡。緊接著，炮城上的鹽水蜂炮的主力：小型沖天炮齊向四面八方炸射，帶著滂沱的光雨、尖銳的哨音。人群尖叫著躲閃，我措手不及，未戴上安全帽，舉起雙手護著臉。蜂炮竟然會轉彎、鑽隙，眞的像一群黃蜂，穿過人群，四處螫人，數不清的蜂炮在我身邊炸開。強光散射如閃電，巨響連

綿，形成鋪天蓋地之勢，我的意識一片空白，像是從高空墜落。不多時，閃光、爆響、哨音轉弱，我發現自己安然無恙，但見炮城的頂端一群高空煙火發出低沉的爆炸聲，射向空中，在滿月的襯托下炸成朵朵焰花，遠遠地由高空傳來低沉的第二陣爆炸。炮城冒著青煙恢復沉默，驚呼聲、嗡嗡的慶幸聲在廟前廣場迴盪成巨漩，人們吸著硝煙，回想方才經歷的一場災變。

原來，體驗鹽水蜂炮就像坐雲霄飛車。雲霄飛車把你的身體以高仰角抬升到軌道的頂點，猛然俯衝而下，你的身體和靈魂瞬間被撕裂，身體脫離靈魂高速下墜，靈魂

一對小情侶相偎依，迎向爆炸中心。

發現這是死亡，在後吶喊著追趕，已屬徒然。正當你的靈魂絕望消亡之時，你的身體下墜到終點，猛然停住，靈魂順勢跟上前，撞上身體，兩者重新結合。鹽水蜂炮同樣讓你經歷一場小死再重生。

元宵節華燈初上，神轎在鑼鼓鞭炮聲中從武廟路向鹽水市區出發。哪裡有蜂炮？聽到旁人說：「跟著神轎走就對了！」我戴上頭盔、手套，頸部圍上防範蜂炮鑽頸的毛巾，跟隨著文衡帝君神轎和武廟藝車。戴上口罩會使安全帽擋風罩起霧，塞上耳塞會使我聽到的訊息失真，我很快便決定捨棄此道。

我用不著選擇方向，人群的激流把我沖向神轎遊行路線。神轎轉了幾個彎之後，在街邊一戶人家騎樓前駐步，人流在原地打旋。正在疑惑之際，這戶人家拉開一樓鐵捲門，和隨轎人員共同推出一座衣櫃大小的炮城，停在馬路中央。炮城主人撕下炮城上的紅紙條，放在地上引燃，上告關帝君，兩個轎班同時開始「犁轎」，以請神明顯威。轎班抬著神轎，踏著三進三退的傳統舞步，神轎搖晃如行船，同時發出「嘩啦嘩啦」的震響，有若武將的鎧甲抖動。我站在人群的第一排，神轎隊員點燃了炮城主引信，人群向後退開，我和少數幾個人和炮城保持五步的距離，準備犁炮。

炮城爆出烈焰，蜂炮在雷霆聲中萬箭齊發，那態勢令人不敢正視。我轉身背對炮城，克服心中的恐懼，在原地立定。巨大的爆炸聲、不計其數的光箭淹沒了我的存在，我感到背部遭到狂螫，雙腿遭到猛刺，硝煙味嗆鼻，我自發地在原地跳動搖晃，這個動作就是犁炮了。戴著安全帽的人群和我同樣跳動搖晃，不由自主地做出犁炮的動作，有如置身搖頭派對；神轎狂熱起舞，神明與人同樂。

狂風暴雨的時刻，恰好在我的承受能力到達極限之前結束。炮城熄火之後，我檢視災情，夾克的袖子被蜂炮打了幾個洞，厚卡其褲下的兩腿正面透出幾處火燒火燎的疼痛，那是我背對炮城時，蜂炮繞射所擊中的。回想起方才的犁炮時刻，人們和眾神如此親近，人與神的界線消泯。就是這種人與神結合的感覺，使我無感於蜂炮在我身上炸裂的疼痛，恍若乩童起乩。

我想起麻豆土生土長的朋友高明法說過：他幼時曾經目睹一名乩童，把狼牙球拋向半空中，用頭頂接住，狼牙球釘在腦門三天，照常吃、睡。你要引用精神醫學的解釋說他是「人格解離」、「自我催眠」，親身試試看！高明法堅持那是法力的作用，我也不認為那是精神病癥的外現。法力、超能力，在經驗上都是一種時隱時現、不可捉摸的神祕力量，現今科學既無法完全予以否定，也無法完全肯定。

武廟藝車特徵顯著，只要追隨著那三進三開的廟宇造型，就有商家、住戶、廟宇打開大門迎迓，他們掀開炮衣，推出炮城，到大街引爆。我跟著武廟藝車和神轎，在人流中載浮載沉，鑽進鹽水曲折的巷道、在狹小的三合院前回轉、走上豁然開朗的通衢大道。承載我的人流時而順流，時而逆流，時而分流，時而對向激盪。

儘管和炮城隔著人牆，只要炮城在你的視線內，你就有機會被蜂炮螫到。一座炮城的蜂炮數量上千上萬，蜂炮的炸射充滿了偶發性、變易性，它會平射、曲射、鑽地爆炸、空中爆炸、貼身爆炸，射程能從街頭射到街尾。炮城時或在蜂炮的光箭中飛出幾隻漂亮的「飛天鑽地鼠」，舞著紅色光輪在空中飛旋，望見這種特殊蜂炮，有如吃到可口的紅色元宵。有了被蜂炮痛螫的經驗之後，犁炮的青年男女一聽到「嘩啦嘩啦」的犁轎聲響起，就驚叫著後退，跳起犁炮之舞，一片安全帽的起伏形成洶湧的帽海。攀到街邊鐵架上躲避炮火的犁炮族，一見炮城引爆，也不禁搖著鐵架凌空犁炮。

每逢視角理想時，我就對著引爆的炮城拍照，正面迎向四射的蜂炮。蜂炮擊中我的安全帽爆炸，好像一記重拳，如果未戴全罩式安全帽，我的臉頰一定開花。我高舉右手以便按快門按鈕，蜂炮擊中棉紗手套和袖口之間裸露的腕部炸開，造成星形瘀血。我倚著電線桿拍照，亂炮中一枚蜂炮繞過電線桿，正中我的後背爆炸，我反射性地一聲慘叫，引得旁人開懷大笑。鏡頭筒的黑色烤漆外殼也被密集的蜂炮炸成灰色。最刁鑽的一枚蜂炮，飛過我的左肩頭迴轉，釘住左後肩爆炸。我的左耳耳鳴大作。我敲敲安全帽左側：左耳還聽得見聲音，沒有報廢，可以繼續聽古典音樂。

轎上神明罩著鐵網防爆，謹慎的犁炮族用透明塑膠罩、瓦楞紙、立委候選人競選

（上）衝進鹽水蜂炮的爆炸威力範圍，擔任觀衆兼演員，參與這個盛會。
（中）小型沖天炮齊向四面八方炸射，帶著滂沱的光雨、尖銳的哨音。
（右上）貼近炮城，看到了爆炸開始的時刻。
（右下）炮城向上炸射，在人群中開花。

看板、大片石棉瓦作爲護具。鐵打的汽車也怕蜂炮。一座炮城引爆，總引發街頭巷尾汽車防盜警報器哀鳴。鹽水人把停放在騎樓下的愛車蓋滿瓦楞紙，我仍然發現一輛停放路邊的廂形車車窗被蜂炮炸得整片玻璃龜裂，車窗槽溝還夾著一枝已爆蜂炮的殘枝。

人們在又怕又愛的矛盾心理下狂熱追逐炮城，爭相擠到第一線犁炮。如果發現沿街住戶鐵門拉開後，推出的炮城屬於「大漢」級，前線的犁炮族目測這座炮城的火力，回想起被蜂炮狠螫的疼痛，不約而同慘叫著退開。望見鹽水人引燃橫跨街道上空的火焰瀑布，犁炮族擠到火焰瀑布下踏著舞步、淋著火花，轎班上前犁轎，請神明和人們共同進行火浴。鹽水長老教會、伽藍廟一帶，公司行號、廟宇、住戶捐獻的炮城衆多，炮城忽焉在左，忽焉在右，從四面八方出現。長老教會前推出一座橫跨街道的炮城，幾名壯丁跳到炮城頂端，圍觀群衆熱烈鼓掌，原來是壯丁又從地面吊起一座小炮城，疊在大炮城上方。雙層炮城引爆的火力像轟炸機投彈，蜂炮的彈雨直竄到街邊騎樓內各角落。

在這個元宵節之夜，踩著鹽水街道滿地炮屑追逐炮城成了我生命的目標。被人流沖散到隊伍末端，與神轎失聯，我就從鹽水上空爆炸的沖天炮陣判斷炮城的所在，趕赴盛會。我忘記了自己的身分，解脫了日常生活責任的束縛，我感到和湧進鹽水的十萬人合爲一體。全罩式安全帽消除了彼此的面貌差別，追逐炮城是我們的共同激情。在近距離犁炮的場次，擁擠的人群中曾經有一雙小手從後緊緊搭上我的肩頭，傳來犁炮的韻律，我聽之任之。炮城熄火後，小手才放開我。我沒有回頭張望，隨著人群向新的方向移動，小手找尋屬於自己的肩頭去了。

鹽水人以今日之我和昨日之我作軍備競賽。貪饞的犁炮族緊隨神轎遊行到北門路，壯丁鑽到路外一株大樹下，推出一座貼著紅紙、裝有滑輪的炮城，足足有一輛大巴士那麼大！引導人員大喝：「不是在這裡放，後面！後面！」轎班迴轉，在人群中犁出一條路，前方的人轉身後退，後方的人向前推擠，人流看清了炮城移動方向才完全轉向。炮城停在文武街和清泉街交口，撕去紙罩，這座炮城骨架不是木材，而是用製作公寓鐵窗的白鐵焊成，裡面插著成千上萬枚蜂炮。

轎班開始犁轎，管制人員舞動夜光棒、猛吹哨子，指揮犁炮族後撤，方圓十步之內淨空。我猶不甘心地站在第一線，以背面迎接炮火。炮城轟然引爆的瞬間，我才發現我失算了。那巨響、紅光有如火山爆發，彷彿把我炸得倒吊在空中。我跳動搖晃，一面尋找掩蔽，人群堵在前方，無路可退。蜂炮像機槍子彈掃射在我身上，連我跳動的腳板也被蜂炮隔著鞋底痛擊。蜂炮的哨音混成一體，好似向地獄下墜之聲；硝煙瀰漫開來，遮蔽了眼前的一切，令我窒息。我努力吸氣，吸進更多硝煙。我被喚起了幼時幾乎在水中溺斃的瀕死經驗，感到萬事皆休。正要失去神志倒地之際，爆炸聲、呼嘯聲淡出，蜂炮的猛螫停止。我回過神，以手用力搧開硝煙，憋氣回頭一看，威武的炮城只剩一座裸露的白鐵架，一名比我更接近炮城的年輕男子，淡淡地離開爆炸點，與我擦身而過，他身上的厚棉外套背部讓蜂炮群炸成了馬蜂窩。我深深呼吸，翹首望天，鄰近街道施放的高空煙火在一輪滿月的面前綻放，在鹽水的夜空垂下華麗的火流蘇。天際一盞祈福的天燈冉冉上升，火紅的光點搖搖晃晃，愈來愈小，最後成爲清朗的夜空中一顆星星。

元宵節次日凌晨，我在回台北的長途客運班車上打盹，周身疼痛散發著輕微的喜悅，腦海中盡是炮城的炫光、蜂炮的流矢、燦爛的夜空。竟夜的蜂炮，洗滌了我的記憶，消除了我的心魔，我的意識裡沒有了對過往的悔恨、對未來的恐懼。到家後脫衣檢視蜂炮紋身，腿上、背部共有七、八個紅莓，最吵鬧的是左肩一個錢幣大的火山口，左肩頭的夾克也被炸穿。諸神在我身上開鑿了孔洞，由此進入我的身體，給予我新生的力量。

龍洞挫蟹

好幾個月前，榮仔就約我去東北角釣螃蟹。螃蟹釣季從農曆春節後直到陽曆七月，有一次我們本來約好了第二天下了夜班之後出發，臨時榮仔告訴我他的父親舊疾復發住院。又有一次時間騰出來了，天公不作美，下著微雨。人蟹大戰沒能赴約，我又去了一趟西班牙，看了一場人牛大戰——鬥牛。回國之後，榮仔這位釣魚狂，在一個夜晚通知我他帶了釣具，天氣、風力、潮汐正適合釣魚。大抵每一種活動的狂熱信徒都會升級爲傳教士，釣魚也不例外。我的鬥志與玩興被榮仔激發，下了夜班之後，我已是他車上的俘虜。

這一夜，天氣好得難以置信，台北市區行道樹的葉子一動也不動，天上雲淡如薄紗，我們乘著西班牙出廠的喜悅汽車出發，凌晨四時許經過基隆，港口的水面全無波紋。北部濱海公路沿線有好多家釣具店徹夜燈火通明。我們買了一條用來作餌的鯖魚，打算用牠腹部較嫩的肉，來釣俗稱「北海蟹」的螃蟹。榮仔說，這條魚才五十元，比起今天將有的收穫，絕對划得來。

「喜悅」在北濱公路迎著晨曦飛馳。遠處山腰，九份的燈火閃爍，像一株大聖誕樹。被煉銅廠廢水污染而成的「陰陽海」，竟然有圍成圓圈的漁火。左方山崖下的海水先前是黑沉沉的，漸漸的被曙光拭亮，我們到達龍洞時，在海崖上遠眺，龍洞灣的海水已是銀色綢緞，發出光澤，閃亮著紋理。凌晨四時半，正值乾潮，釣場已有先我們而來的釣客，三三兩兩，散布在海蝕平台上。

榮仔領著我，從白砂岩構成的斷崖一步一步往下走，不斷叮嚀小心。中間還有一段險坡要攀木梯下探，難怪榮仔非選天晴地乾時來此。海面上，一艘漁船響著清脆的馬達聲，貫穿了浩蕩的潮聲。站在板狀崖石上，雪白的浪花就在眼前炸開，剎那間退回海中，既威脅又誘惑。望著龍洞偉岸的斷崖，才發現海的形式原是取決於海岸。是這片曲折多岩的海岸，使得東北角的海秀麗脫俗。我玄想：爲什麼中國的傳統哲學、繪畫崇尚寂靜？那些藝術家與思想家如果居住海邊，天天觀濤，當認爲大自然的本質是動盪，是流變，偉大藝術品的境界應如驚濤駭浪、狂風奔雷。

「綠的不要踩！」榮仔打斷我的思緒，再次提醒我。岩石上的綠色海苔很滑，我沒有穿攀岩釘鞋，稍微不慎滑倒，可能像溜滑梯一樣下海。有位生長在海邊的麵攤老闆在出發前警告我：「海邊最危險！」龍洞的暗流尤其險惡，沒有人敢在這裡戲水。聽榮仔說，離岸十幾公尺遠，就是海底斷崖，被浪捲到那裡的話，絕對找不到屍體。我穿著休閒皮鞋，在崖上步步爲營。

榮仔切下魚肉，綑在釣絲的末端，用鉛錘卡緊了，穿著釘鞋咯啦咯啦地走到崖邊，看準了下方海浪衝激的礁石上，有一條石溝，釣竿一甩，魚餌穿過浪花墜在石溝中，不一會兒，試抽釣竿，感覺已有蟹兒咬食。於是，在一波海浪打過來剛退去時，趁著螃蟹忙著攀緊礁石，把釣竿用力往回一抽，笨得可愛的螃蟹隨之出水，仍死命地箝著餌不放。榮仔右手抽竿，左手伸出去，一把抓住螃蟹，在牠放開魚餌掙扎之際，丟進了魚簍。我看得大笑，表示沒想到那麼容易。

榮仔說，方才他用力抽竿的動作，台語就叫「挫」，現今都市裡室內魚池流行的挫魚、挫鵝，也是標榜這個動作。我們到海邊挫蟹，比可憐的都市人健康多了。從鬥牛到釣魚，人類追求的，無非對獸類作有技巧的馴服，證實人性的巧智勝過獸性的野蠻。在這方面，榮仔是個藝匠。

我隨即學著榮仔，甩餌入溝。第一回沒有中的，餌落在平的礁石上，一個浪就把它捲開，隨勢浮沉。第二回拋進岩溝，才沒被浪捲走。不出十秒鐘，往腳下看去，突然有一塊褐色海藻脫離藻叢，動了起來，原來是一隻螃蟹來吃餌。

抽緊釣竿，感到蟹螯抵抗的拉力。榮仔說的，北海蟹的肌力平常都用來抵抗浪

台灣東北角海岸有珍貴的海蝕地形。

潮、攀緊礁石，蟹肉特別鮮美，好像肉牛特殊部位的肉。由於牠以海藻爲主食，只生活在清潔的海水裡，也就特別乾淨。在一個大浪退去之際，我猛然抽竿起餌，一隻螃蟹出水。我伸出左手去接，怕被蟹螯箝得痛，不敢抓緊。螃蟹掙脫，摔到岩石上，一溜煙地鑽到我所搆不到的岩縫裡去了。這有點像鬥牛，膽怯容易造成失誤。我修正方法，逮到第一隻螃蟹丟進魚簍時，榮仔爲我喝采，也與我分頭去釣。釣客講究不與人爭的行規，因爲他們知道同一個釣魚點資源有限，擠在一起垂釣，每人的漁獲都少了。

我依照要訣，一隻接一隻地釣起螃蟹。爲了看清楚獵物，或是要把餌拋到有較多螃蟹活動的岩縫，我盡量往前站，也顧不得岩石滑。我曾把一隻腳插在岩縫裡固定，就在崖石最邊緣垂釣。有時一個突發的巨浪打上來，我釣得正過癮，也懶得躲，浪花嘩的一聲打濕我的下半身，海的舌頭似要把我捲走。在那瞬間，我感到與海緊緊結合，認識了自己的某一面。我這般忘形地在浪潮中釣蟹，不計危險，不知寒暑，豈不像個乩童？愛情、藝術都曾經使我扮演捨命的乩童，如今是海釣。

螃蟹有貪婪的，也有刁鑽的。有一次我換地點下餌，那裡的螃蟹初嘗魚鮮，起餌時竟有三隻螃蟹掛在一塊魚肉上。我用另一隻手去接，一時抓不滿，三隻都掉落岩面溜進石縫或滑落海中。另一回，我釣起一隻大號的北海蟹，牠的螯特別粗壯，我心虛沒敢抓緊，拇指結結實實的被牠箝了一下。榮仔在旁看了，建議我吃牠的時候，要好好啃牠幾口。釣到不夠大的小蟹，我們就丟回海裡。

釣了兩個多小時，天色大亮，睡意襲來。榮仔換了捲線釣竿，開始釣魚，我在他身後崖石上找了一塊平坦處，就地倒頭大睡，在訇訇的浪濤聲中進入夢鄉。朦朧中醒轉，恍然見到碧綠的波濤就在床頭湧起，覺得彷彿睡在碧海的搖籃裡。我終於得到了海的慰藉，十幾年前對海產生的心結，霎時消滅於無形。

當年我隨部隊在金門料羅灣海邊駐守，天天站在沙灘上看著單調的海，數著退伍的日子，等待載我回台灣的交通船出現。彼時，海，象徵空虛、絕望、苦候。這一番，我從釣魚狂的眼光看海，海代表豐富、生機、樂趣。如此衆多的魚類等待成爲釣竿上的驚喜，餐盤中的欣慰。

榮仔這天運氣平平，到早上十時半收攤時，他才釣到一條刺河豚。這隻動物，鼓脹了白肚皮，成了一個刺球，發出嬰兒般的叫聲。榮仔費了很大力氣才把牠嘴裡的釣鉤拔出來，然後如同一般釣客，把這個難以料理的小怪物棄置在崖石上。

回程在龍洞崖上，發現了難得一見的紫色濱薊與淡青斑蝶。數一數漁獲，魚簍裡竄動的螃蟹，每人可分得四十來隻。在家裡，家人不會剝食小巧的北海蟹，我一人全包。配上佐料蒸熟之後，我再度用到榮仔口授的技巧：先撕開臍部，次掀開背殼，剝

鼻頭角漁港的海鮮很有名。

掉味苦的肺，扯開腿部，美味的蟹肉就附在肢體上。啓齒啖肉，但覺麻煩得像嗑瓜子。我只留了兩隻活口，供兒子溫習自然課，其他的橫行族，八小時以前還在衝浪，現在只剩了甲殼，在我面前餐桌上堆成一座小山。

孩子的媽最近學佛，佛經錄音帶在座車置物箱堆了一排，對我的食蟹行徑念佛不止。我照舊排佛，堅拒嘗試慈悲的滋味。這一趟龍洞挫蟹初旅，我奉行的還是我自己的宗教——享樂主義。

我的「火箭筒」

領到年終獎金後，我一直想扮個好好先生，把享受留給家人，克制自己的購物癖與戀物狂。

先前，我跟麗香提過想添購一支單眼相機用的鏡頭，在那個節骨眼便暫且不提。

麗香深知我的心中的騷動。家中的洗衣機用了十年了，定時開關功能早已失靈，每次進行脫水時，吵得像街上挖馬路的空氣鑽，她還是捨不得花錢換新。我渴想的鏡頭，價錢足夠買將近兩部洗衣機。

那是變焦範圍八十釐米到兩百釐米、最大光圈二點八的尼康鏡頭，自動對焦的新機種。幾經掙扎，我還是向她提出申請。

當我得到麗香的應允，在大年初五店鋪甫開張時，立刻帶著全家人殺往台北市漢口街的攝影器材店。她笑著對孩子們解釋說：「你爸也需要買他的玩具。」

我提了貨出了店，麗香在車上看到我新買的變焦鏡頭，驚呼道：「哎唷，火箭

攝影，是我除了文字之外，另一項對抗時間的武器。

筒！」

這支鏡頭，有我的半截肐膊長；它的重量，使得美國的攝影家戲稱爲「小牛」。爲了拍出銳利的照片，爲了體驗行家口中的極品、享受現代科學工藝的成果，我甘願扮演負重的野戰步兵，背著這支「火箭筒」出門獵影。

有一次，我帶著這支「火箭筒」參加一個有政府要員參與的盛會，打算拍些紀念照。特勤人員做例行的新聞器材登記時，檢查到我的「火箭筒」，不太相信地兩手托著它，前後打量：「這是鏡頭啊？」

一九九五年下半年，我一頭栽進了攝影器材的世界。我每個月必讀坊間四、五種攝影雜誌，除欣賞優異的照片，我深深迷上了那些單眼相機鏡頭的廣告與測試報告。

我旅行時總會拍些風景照，原本用一支手動式變焦鏡頭，搭配一個機械式的尼康FM2相機走天下。自從開始考究鏡頭的性能表現差異後，我添購了一個尼康電子式相機F801s，以及幾個自動對焦的鏡頭。我嚴苛地要求自己拍出的照片，色彩要像實物那麼飽和、影像要像剃刀鋒那麼銳利。即使不拍照時，取出鏡頭把玩，端詳那啞黑的表層、掂掂那嬰孩般怡人的重量，也能帶給我滿足。

攝影，是我除了文字之外，另一項對抗時間的武器。這個介於藝術與非藝術之間的事物、現實的忠實紀錄，在文字窮盡處崛起。業餘心態從事攝影，一如我的文學創作，純粹從興趣出發，充滿了熱情與好奇。

我拍風景，可供日後重新發掘細節，轉化爲文字的白描；我拍人像，喜歡從被拍攝者的表情探究他們的內在精神。

如同一般攝影者，我喜歡拍攝美麗的女人。喜歡欣賞她們面對鏡頭的自信；也喜歡透過銳利的鏡頭，記錄她們臉上的瘢粒、皺紋，端詳她們五官的不勻整，從而體認世間沒有完美的事物。

家居時，我最鍾情爲我的女兒拍照。她們稚嫩的小臉，光滑的肌膚，禁得起我的鏡頭的解析。

台北的冬日，偶見陽光穿破雲層，遍灑大地，像一把響徹人間的金黃號角。這種時刻，我總是無法抗拒光之舞的召喚，扛起照相機，帶著兩個稚齡女兒出門，捕捉她們的一串串美麗的剎那。

心情低潮的時候，我發現自己沒有力量扛器材、舉相機。原來，從事攝影需要的是對人生的熱愛。當我滿懷期待尋找拍照對象，就是人生散發金色光芒的時刻。姊妹花欣悅地迎向我的鏡頭，就是她們活在幸福中的最有力證明。

我總愛朝著她們的眼睛對準鏡頭的焦距。眼睛是肖像的靈魂，她們的眼睛對好焦，整個人像就美了。

當我滿懷期待尋找拍照對象，就是人生散發金色光芒的時刻。

我總是用崇敬的仰角對姊妹花拍照，如同對待任何美麗事物的態度。有時，我想我應該躺在地上對她們取景，表達頌讚。

在觀景窗裡，有我們的情感交匯。女兒熟練地擺姿勢，充滿自信地等待我按下快門。那歡樂時光的切片，瞬間的心靈感應，一一被凝結，珍藏在相簿裡。

台北風景優美的郊區，像淡水、陽明山，最能使孩子展歡顏。有時，社區公園的小陽春天氣，溜滑梯、鞦韆等幾副遊樂器材，就能使孩子們不斷爆發歡笑，構築出珍貴的瞬間。

在室內，有時女兒嬉戲到一半，看到她們快樂忘我的表情，我忍不住從乾燥箱取出相機，捕捉她們的歡樂、機靈。

我自然是相片沖印店的常客。鄰家沖印店留小鬍子的老闆，特別喜歡做我的生意。他說，他洗到我兩個女兒的照片，時常會發出會心微笑；她們的臉上，有一種幸福的表情。

我偏好透過鏡頭表現愉悅、秀美；我喜歡用考究的器材拍出華麗的影像，製造奢豪或夢幻的感覺。但是我知道，我的鏡頭，不能無視人世間的衝突與悲苦。有感情的地方，我會帶著我的攝影器材前往。

台北市新公園二二八紀念碑落成揭幕那天，官方的揭幕典禮結束後，有受難者家屬繞行紀念碑做街頭表演，表達內心的傷痛，我帶著我的「火箭筒」和超廣角鏡頭，擠在人群中，拍了多張快照。

如果不是我的攝影愛好將我帶到現場，我將會忽略了很多事情的完整面貌，任由大衆媒體餵食的片面資訊而渾然不覺。

攝影是最民主的藝術：任何人，只要擁有器材，加上一點技巧——如果他用的是傻瓜相機，甚至不需要技巧——就能產生作品。

儘管地球上每時每刻都有大批專業攝影家在穿梭，每個人都有權利以自己的眼睛詮釋世界，捕捉屬於自己的決定性瞬間。每個人的存在價值都是獨一無二；每個人的眼睛都無可取代。

杏花一路開

早春寒峭，時事多煩憂。在我心中，勾留著一片繽紛的杏花林，燃著希望的火種。

去年春末，我從報紙上知悉，木柵山上，有戶農家在山坡上種植了一片杏花林，主人任憑遊客採擷、剪枝，好使次年花開得更盛。我帶著家人前往，但見滿園急切貪婪的遊客，爭相攀折枝條，捧著大把粉紅或雪白的杏花下山。在花季之末，在衰敗的美麗中，我只採到春天的一小截尾巴。

賞花要趁早啊。在一個星期五下午，七歲的女兒小鑾放學回來了，我便背起相機，驅車帶她前往木柵，一償去年的宿願。

「你確定杏花開了嗎？」出發時，麗香不放心地問。她擔心我們徒勞往返，自己要留在家中料理家事。

從政治大學後門產業道路上山，穿越施工中的北二高涵洞，盤旋而上，入眼是蒼

梯狀茶園的邊坡，湧動著一級一級的淺粉或雪白，令人目迷。
（右下）杏花的風華，引來花虻鑽進花心採食。

翠的樹林和茶園。我一路教著小蠻學習辨認路況和林相。看到路標上「杏花林」三個字，我愉悅地聯想到中國古詩詞的風華。

爬坡接近山頂時，山路轉角處，雜樹中挺出一株杏花，洩露了春的訊息。它的樹姿蒼勁如古梅，樹冠高張，淺粉的花朵沿著枝椏向上開展，如凌霄的蝶群，映襯著春日的藍天。小轎車在山腰上園子入口處熄火。近黃昏的杏花林，異常清靜，只聞蟲聲和林梢的風聲。我取出照相機，牽著小蠻穿過樹籬，攀登土坡，進了園子。

梯狀茶園的邊坡，湧動著一級一級的淺粉或雪白，令人目迷。我們往杏花林的深處走。

「杏花一路開，到底要走到那裡去

我們往杏花林的深處走。

呀？」在林間，小鑾忽有所感地問我。

我笑她伶牙俐齒，一面對女兒拍照，然後爲群芳留影。

盛開的杏樹，遠望如紫煙，近觀如浮雕。在放射狀的樹形，花朵似噴泉濺射；在交錯層疊的枝柯，花朵如迴盪不止的歡呼。趨近逼視，嫩紅的重瓣如彩色漩渦奪人心神。杜鵑間植小徑上，雖也開得奼紫，只能當丫鬟看。

用大光圈的鏡頭朝著出衆的花串對焦，在觀景窗裡，主體的背景溶解爲調色盤上流淌的油彩。輕寒的春風，不時吹襲花梢，搖得蓓蕾亂顫，不讓它停格給我的鏡頭輕易捕捉。

杏花的風華，引來花虻鑽進花心採食，也引來附近學校的女生。少女們穿著春裝，捧著書本，在梯形坡地巡遊。她們的笑語和粉頰，如同杏花的嬌豔，因爲短暫易逝而使人惜。

園子主人傳播美感的意念堅決。在狹窄高坡的綠竹林間、園子外側的坡邊，也栽植了零星孤株。他以田園爲稿紙，以杏樹爲詞章，文采遍野，光華耀目，壓倒了一切文字的表現。

這活生生的駢文，美得過剩，被人不經意觸著了，便落下一陣微微的花雨。

地上的落英，被人踐踏在爛泥裡。殘敗的花蕾，揭示了生命必然走向腐敗。

過沒幾天，花事傳開，假日會有大批遊客上山賞花採花。他們雜沓的腳步，將踏硬鬆軟的花畦；他們矯健的臂膀、鋒利的剪刀，將把這滿園的春天肢解。

留住杏花的魂魄，我攝入我的相機；留住杏花的形體，我向老農買了一捧。在夕照中，我牽著女兒走出杏花林，相信我們的春天還很長。車向西行，女兒在車上無意間發現媽媽留下來的一包花生球，吃得喀吱響，浸入孩童的快樂中。我在駕駛座上提醒她，欣賞天邊絢爛的晚霞。

進家門時，麗香迎面看見我手中的花束，驚喜地問：「杏花已經開啦？」

我把杏花供養在上了彩釉的瓷瓶中，放在書桌上，再打開唱機，播出舒曼的第一號交響曲《春》，任銅管樂器的花奏把春的佳音吹上雲霄。我心裡的春天，要用喧天的管弦樂來無限放大。

第三天早上，麗香指給我看，瓶中杏花的花苞，竟然也吐蕊了。花瓶四周的落瓣，隱約圍成圈，像一群舞者。

花魂不散。那自我完成的力量，恰似我們追求幸福的欲望，是多麼堅貞啊。

趨近逼視，嫩紅的重瓣如彩色漩渦奪人心神。

資訊時代的蓮花世界

蓮花在台灣，是眞正雅俗共賞的植物。它可以被徹底商品化，大量促銷；也可以在有心人的經營下，形成具有豐富內涵的蓮花文化。

就讀建中的時候，植物園就在學校對面，我每天清晨上學時都會經過植物園蓮花池。我總是不禁停下趕早自習的急促步伐，在池畔涼椅坐下，細細觀賞朵朵清麗的「溪客」、「淨友」，自此與蓮結緣。

某年白河蓮花季節，我帶著周敦頤〈愛蓮說〉描寫的蓮花印象，以文人雅士的心態去參加這個觀光活動，結果大失所望。

到了白河賞蓮區，首先在狹窄的街道遇到塞車，那是衆多遊客和擠滿道路兩旁的蓮子、藕粉攤販造成的。

白河蓮田總面積超過三百公頃，種植的蓮花品種單調，以建蓮爲主，因爲建蓮盛產蓮子、藕粉。蓮田原先是稻田，田埂僅能供一人通行，遇有其他賞花客迎面而來，

蓮花色美、瓣長、花大、有香。

白河蓮田是獨特的觀光產業。

必須止步讓路，同時提防不愼被擠下蓮田的泥濘中。

到田間賞蓮的時候，我和孩子們頭頂上，飛旋著一群蚊蚋，揮之不去。蓮田並無清風徐來、漣漪輕舞的情調，因爲田邊是農舍的雜亂建築，或是喧鬧的市集。我雖然雅興盡失，幸有友人高明法引領我到當地的招牌餐廳，大啖一頓蓮子大餐，滿足了口腹之欲。

白河農民視種蓮爲生財之道，種蓮比種稻的收入多一倍。他們種蓮，就是要招徠大批遊客，銷售農產品。到白河賞蓮，要抱著逛夜市的心情，加入普羅大衆，享受鬧攘攘的氣氛，解放消費欲，才能得到歡樂。

白河的蓮花產業，尚能給遊客一絲美的感覺：蓮農抓住遊客的心理，零售從蓮田摘下的蓮花。一枝枝蓮花，花梗插在裝水的塑膠袋中，遊客帶走後，尚可維持數小時的鮮麗。也因此，我看到蓮田中有多處剪斷的蓮花梗，構成殘缺的畫面。

離白河不遠處，台南縣六甲鄉林鳳營的蓮花世界，眞正令我驚奇、讚嘆，如同欣賞到傑出的藝術品。這裡並設有蓮花資訊館，讓愛蓮者像影迷親近偶像明星一樣，享受到豐富的蓮花資訊。

在上午十時到達蓮花世界，我首先發現蓮池畔涼棚下獨特的景觀：一落落重型攝影器材矗立，黑漆漆的筒狀鏡頭羅列得像砲兵營的裝備。五百釐米的長鏡頭、方匣形的哈蘇中型相機，攝影器材中的貴族比比皆是。清晨拍攝完蓮花的攝影迷，散坐在涼椅上聊天。

蓮花世界的主人林森津博士，當選過中華民國第一屆十大傑出農村青年，是農民中的雅士，他在夏季早上五時就開門，讓攝影迷進入拍照，售票員上班後，再任由攝影迷自由補票。

蓮花色美、瓣長、花大、有香，豔冠群芳，很多攝影迷遠從北部趕來，就爲了在清晨五時到七時這段黃金時間，捕捉各個品種蓮花最婀娜的姿影：蓮花有碟形、碗形、盃形、飛舞形，花上露珠晶瑩，天空蜻蜓飛舞。蓮花世界栽植了數十品種蓮花，攝影迷來此拍個十捲底片，是很普通的事。遇到星期天，更可以在這裡看到上百台重砲級攝影器材。

林森津種植蓮花有二十年的歷史。他本來從事魚蝦與貝類研究，因爲妻子張美蓮愛蓮，便探索蓮花的種植與用途，將這項事業精緻化、觀光化。

他說，一般生意人在商言商，缺乏宏願，不是真正愛蓮。

林博士經營的蓮花世界，曾經有同一時間內湧進上千遊客的紀錄。他也曾贈送故

蓮花為人帶來生命的訊息。

蓮花有碟形、碗形、盃形、飛舞形。

宮博物院五十個蓮花品種，種植在至德園。

蓮花世界種植的千瓣蓮最爲名貴，是少數不結蓮藕的蓮花。我曾經在夏天拍到了照片，次年詢問蓮花世界，他們表示，這年夏天千瓣蓮尚未開花。

千瓣蓮相傳是兩千三百年前梁武帝時代，天竺達摩祖師在舟山群島普陀山普濟禪寺所植，能夠「一花開五朵，每朵有千瓣」。千瓣蓮到了唐代，引植到湖北玉泉寺，再由玉泉寺傳到長安、武漢、南京、北京。蓮花世界的千瓣蓮，就是由武漢傳來。

蓮花資訊館展示的專業級照片，風格統一；多媒體展示則聲光豐富，有關的蓮花史料富有價值。

我在蓮花資訊館發現，蓮花更爲人帶來生命的訊息。

蓮子有特殊果殼保護，並含有高量抗壞血酸與谷胱甘肽，可以千年不壞。一九二三年，中國遼寧省兩百公尺深的泥炭層，發現年代超過三千年的古蓮子。一九五一年，日本千葉縣發現兩千多年古蓮子，由大賀一郎博士培植成功，名爲大賀蓮。蓮花世界沒有漏掉這個珍貴品種。人類長生不老的祕方，也許要向蓮花尋求。

蓮花世界的香水蓮，四季開花，適合製作蓮花茶、香精。夜半的蓮池仍不寂寞，子時蓮此時綻放。林森津更培植了四季蓮，在冬天開了花，雖然數量不多，以人的才智改變造化之功，已獲得象徵性勝利。

蓮花世界的香水蓮，四季開花。

蓮花世界若夏季遭到颱風肆虐，可以在一個多月內恢復百花齊放的榮景。颱風過後，睡蓮復甦得最快，三天便開花，因爲花苞藏在水底，不受風害。

蓮花做的藥，可治憂鬱症、高血壓。癌症重症患者也會依據民俗療法，以蓮花做藥，期待一線生機。

林森津說，他與蓮花的一切緣分，都是自然得來。在蓮花世界走一趟，我與蓮花結了更深的緣。賞蓮帶給我的滿足，比欣賞藝術更踏實，因爲，蓮花就是生命。

輯三

愛與死的變容

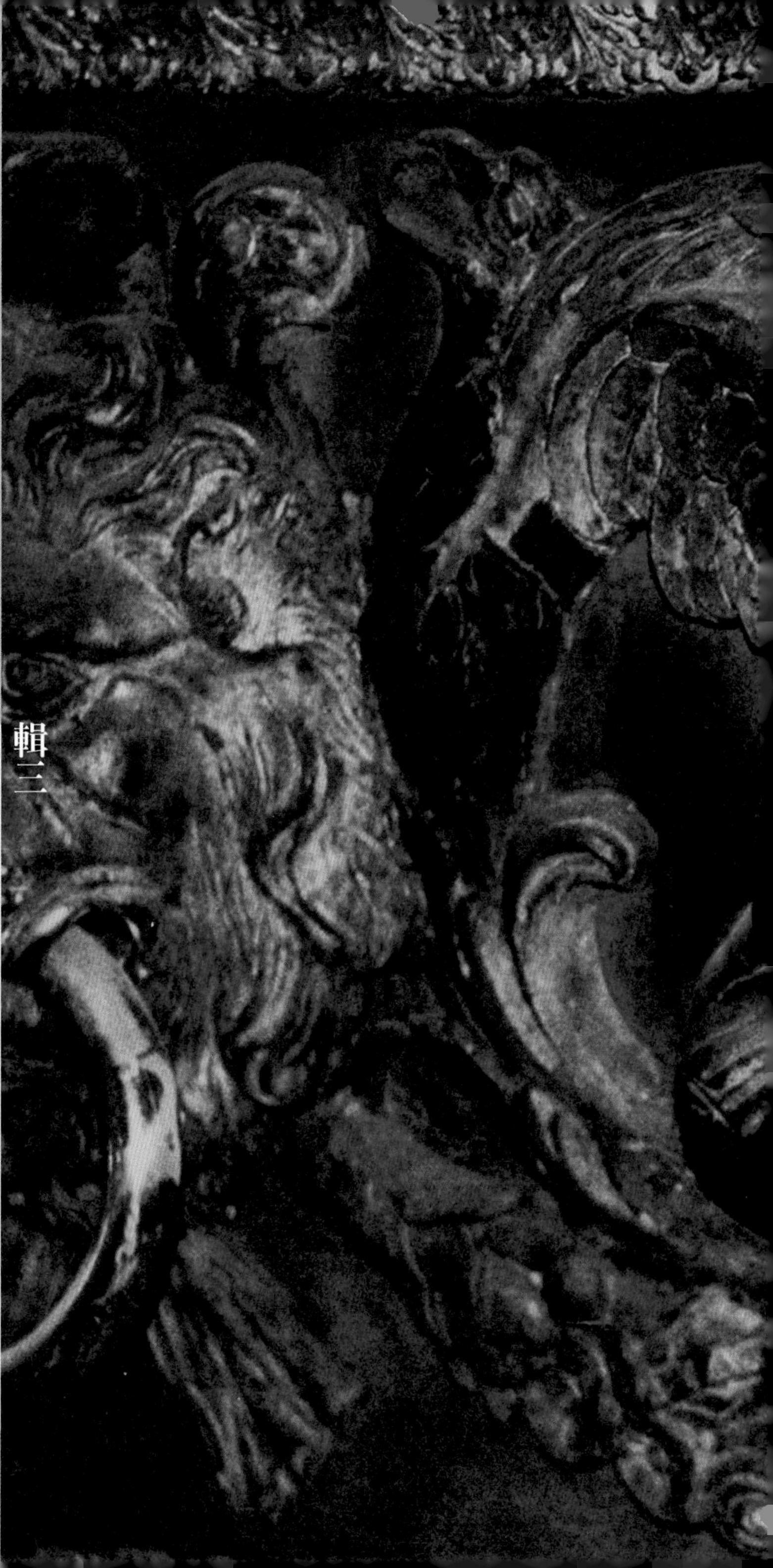

情人節反思

•台灣的情人特別累。除了二月十四日西洋情人節，情人必須向情人表忠示愛，農曆七夕近年來被商人宣傳成「中國情人節」，情人半年之後又得向情人奉獻。中秋節在傳統上是團圓的日子，情人自然不能分隔兩地或無所表示。加上情人雙方的生日，一對情人一年之內最多有五個重大節日，而其中只有中秋節得到法定放假。

•情人的重大節日，最重要的慶祝活動是什麼？消費！消費社會的媒體昭告我們，送鮮花、香水、口紅、巧克力、蛋糕、大哥大、PDA、全平面彩色電視、名車、豪宅、股票。媒體說：發揮你的想像，盡你一切能力送禮，外加燭光晚餐一頓、五星級飯店套房住宿一夜。經濟愈是不景氣，消費的手筆愈能顯示你對情人的堅貞。

•有沒有什麼方法，讓我們在商人布下的天羅地網之外向情人表達愛意？即使抓起電話，向情人說聲「我愛你」，也讓電信公司多了一筆收入。如果情人遠在異國，需要打越洋電話，電信公司更高興。利用公司、學校的網路，到網站抓一張免費的電子情人卡 mail 給情人，或許是最省錢的方式。這麼一來，情人會認爲你缺乏誠意。

• 住在鄉間的人，有個方法以非消費的方式向情人祝賀佳節：清晨起一個大早，走幾公里路，到鄉野的一處懸崖，採一朵潔白的台灣百合，再走個幾公里路，到情人工作／求學的地方，當面獻給情人。可是，你要提防情人出來見你的時候，胸前掛著別的情人贈送的珍珠項鍊，身上散發別的情人送的香奈兒香水氣味，把你獻上的野百合委棄在塵土中。

• 消費社會的律法怎麼可說邪惡？動物的兩性關係證明，在分工的原則下，兩性依照生存條件和各自能力，提供生存資源給另外一性，是天理。現代社會迫令情人消費、提倡情人間的餽贈，不過是將天理落實於世間。

• 二月十四日的西洋情人節，正值開學季節，曾經是情人的爲人父母者，正爲子女學費發愁。即使是台北市公立高中，學雜費加上班費、書籍費等雜支，每名學生開學時也須繳一萬八千元。如果有兩個子女讀專科學校，學費高達十幾萬元。爲了籌措子女學費，小市民標會、辦助學貸款，果農、花農大批採收水果、花卉，賤價求售。你如果買了農民種植的鮮花水果贈情人，想到同時幫助了這些「退除役情人」，你會感到欣慰。

• 情話像政治語言，已經成爲陳腔濫調。向情人說「我愛你」，好像舉手高呼「自由

（上）燭光晚餐是情人的期待。
（下）玫瑰是情人的共通語言，上海小紅樓法式餐廳這盆玫瑰開得特別好。
（左）愛情可以在任何地方開花，這是阿姆斯特丹街頭。

民主萬歲」，說之前難以啓齒，說之時面紅耳赤，說之後自我解嘲。引用古典情詩、現代警句以傳情，好像貼政治標語。象徵愛情的紅心標記，則有如國徽、黨徽，是漫畫家用來嘲諷的最方便題材。

- 台灣某縣衛生局，在情人節派出人員到咖啡廳，向情人們分贈保險套。雖嫌殺風景，卻能喚起必要的危機意識：意外懷孕和性病，隨時準備襲擊情人。這好像舉國狂歡的時候，政府提醒納稅人不要忘了支持國軍更新軍備、採購先進防空飛彈，隨時準備迎擊敵人來犯。務實的情人們應該要求衛生署：比照政府以擴大閱兵慶祝國慶，在情人節盛大展出貼在手臂上可避孕一年的新藥、愛滋病雞尾酒療法、吃下去可不限舉起次數的壯陽藥。

- 愛情與政治有著驚人類似的屬性。

神話：各國有偉大的開國歷史以教化人心、鞏固統治者權威，在遠古是神話，在現今是革命史、民主發展史。愛情則有藝術家們爲之創造神話，在中國古代有《詩經．關雎篇》，近代有《紅樓夢》，現代有好萊塢電影《鐵達尼號》。《鐵達尼號》這部巨片上檔那段日子，台北街頭隨時可見少年男女模仿電影男女主角在船頭看海的姿勢，少男從少女身後環抱她的上身，少女張開雙臂，彷彿她張開了一對翅膀，在台北這個崎嶇雜亂的都市上空飛翔。

英雄烈士：政治神話的英雄烈士事蹟，是各國小學生必讀教材。愛情的英雄烈士事蹟，由大衆媒體灌輸給情人、準情人們。反對長輩權威，竟以身殉的英雄烈士，西方有羅蜜歐與朱麗葉，中國有梁山伯與祝英台。現代英雄反抗婚姻的桎梏，有托爾斯泰筆下的《安娜．卡列尼娜》，或者如日本當代作家渡邊淳一小說《失樂園》的男女主角久木與凜子。國家立先烈祠、偉人祠，台灣民間立情人廟供奉司馬相如與卓文君，聽說還香火鼎盛。

教條：革命是神聖的，愛情是神聖的。革命要追求理想，愛情要靈肉合一。革命家要能犧牲奉獻，情人要能設身處地爲對方著想，要彼此了解，相互體諒。

口號：台灣的政治家曾經以「快樂、希望」爲競選口號，高票當選公職。這啓發我們，要抓住情人的心，先要爲情人帶來「快樂、希望」，特別是在情人節這個神聖的日子。

宣傳機器：政府有新聞局、機構發言人，情人有大衆媒體、廣告商。政府有政令宣導小冊供人民取閱，情人有羅曼史小說隨處可購得。

權力關係：政府的統治必須取得人民多數同意，情人掌控對方必須獲得對方同意。政客需要人民擁戴，情人需要對方癡迷。政府透過情治系統、大衆傳播、民意調查了解民心向背，情人使用電話、大哥大、電子郵件，調查對方的忠誠。必要時，政府和

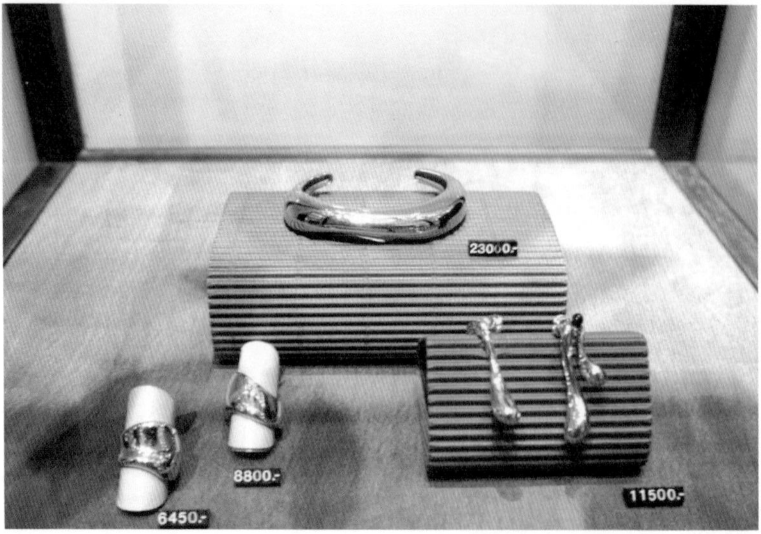

情人都採取行動鎮壓叛亂。

替代宗教經驗的狂喜經驗：極權國家人民謁見領袖、民主國家人民親近媒體英雄，都會產生忘我的狂喜。這種狂喜的狀態，與情人們靈肉合一時「天地與我並生，萬物與我合一」的感受，是很接近的。

治亂循環：革命如同愛情，最大的快樂來自滿足人類反叛的天性。革命成功後，政治開始腐化。情人結合後，愛情開始變質。政治的日常性消磨著理想，婚姻或同居的日常性消磨著熱情。唯有重新發動一次革命，才能重新激發政治家與情人的激情，產生壯偉的行動。

節慶：政府遇有國家重大節日，若不表現得普天同慶、不向先烈英雄謁靈，輕

哥本哈根店面的金飾，情人的昂貴禮物。

則招致輿論撻伐，重則遭到人民唾棄。情人們不過情人節，下場類似。

- 愛情和政治一樣，有很多欺罔與強迫的成分。社會畢竟需要情人們組成特種部隊，來征服生命的荒涼，克服死亡的威脅。情人們是空降部隊，搭運輸機飛臨敵區上空時，我們如果告訴情人們下方有莽林、反空降樁、敵人的機槍伺候，情人們會失去往下跳的勇氣。所以我們要用神話、教條、口號，哄得情人樂意跳傘，並且警告情人：如果用哄的不成，我們會把他們一腳踹出機艙。

終極暴力

「不怕死的就來！」

你約阿福到他的研究室玩電腦遊戲《毀滅戰士》（DOOM），他的電腦發燒友這麼放話。

當天夜裡，阿福約了另外兩個做研究的同行參戰，你們四個人，一人一部終端機，上了區域網路，各自進入十四吋螢幕的虛擬幻境，面對神出鬼沒的怪物，尋覓趁手的武器殺將起來。一時之間，幻境裡槍聲、砲聲大作，怪物吼聲、受傷者慘叫聲此起彼落，玩伴扮演的海軍陸戰隊在迷宮裡進進出出，你們吶喊、敲擊，電腦鍵盤發出無辜的哀鳴。

阿福說，爲了玩《毀滅戰士》，他們研究室已經敲壞了好幾副鍵盤。

這個電腦遊戲，是美國id軟體公司的傑作，一九九三年底面世之後，風靡了全世界的玩家。幾個月來，國內的電子布告欄系統，紛紛討論這個遊戲的引人入勝之處；

美國的資訊服務網路上，玩家們敵愾同仇，討論它的攻略的信件無日無之；程式設計師紛紛爲它寫程式，讓技不如人的玩者修改遊戲規則，在「欺騙模式」之下，得到不死之身，滿載武器，以黑旋風李逵的態勢痛宰怪物。

國內網路上，有位化名「懼考」的老兄，模仿「給我報報」文體，爲朋友介紹《毀滅戰士》：「是一種長期在壓力下成長的人們所酷愛的血腥暴力遊戲……模擬效果極佳……讓玩者忘了自己是在使用鍵盤還是火箭筒……」

科技與藝術的終極目標，一樣是爲人們帶來樂趣，衆多優異的程式設計師投入遊戲軟體的製作，你倒不認爲是大材小用。《毀滅戰士》正是3D（三度空間）遊戲軟體的里程碑：情境如此逼眞，畫面捲動又如此流暢。

照常理，在電腦顯示幕上愈是細緻的畫面，愈是需要大量的運算，最容易使顯示速度降慢，破壞身歷其境之感。《毀滅戰士》的情況正好相反：猙獰的怪物、紛繁的迷宮、發出金屬閃光的武器、光線的明滅，諸般立體感十足的細節，演出如行雲流水，在在欺騙著你的大腦，讓你以爲是在眞實的情境歷險。

在世界各地，玩這個遊戲的生理反應，包括暈眩、嘔吐的報告不斷傳出。遊戲裡邪惡的角色，時而在夜裡出現於玩者的夢境。專家勸告那些玩者，降低畫面的解析度、不要使用音效卡，把耽溺於虛擬幻境的自我拯救出來。

你的個人電腦不僅配備了音效卡，更把音響效果接上擴大機，在單打獨鬥的模式，獲得更誇大的擬眞效果。向螢幕上怪物按下發射鈕，你聽到一聲槍響，只見怪物發出哀鳴，鮮血四濺，應聲而倒。在迷宮中找路，你聽到自己的喘息聲以及不知何處傳來的怪吼；踩進核子廢水，你聽到自己的呻吟；中了怪物的暗算，幻境裡的你發出一聲淒厲的慘叫，壯烈成仁，終止了遊戲。

耽玩《毀滅戰士》，好像打禪七，在某個階段會把人心潛藏的妄念統統逼出來，使你認識大腦皺褶深處的獸性。

遊戲提供七種武器，從拳頭到霰彈槍、火箭筒都有。持火箭筒殺怪物時，你覺得自己是阿諾・史瓦辛格，力拔山兮氣蓋世，衆多攔路的怪物，不斷在一陣火光與爆炸聲中發出血光哀號而死。你痛快地滿足了殺戮的本能，經歷了新鮮而奇異的快感。你從而驚訝地發現，自我的深處竟然有這種需要。

在網路上多人共玩，經常有人好不容易蒐集到重武器準備降妖，卻在亂軍中被戰友暗殺。這種小小的惡作劇，透露了人心的邪惡念頭。

有一種武器是電鋸，可在迷宮的某個角落尋獲，用來對付「地獄男爵」。這個心狠手辣的S.O.B.（網際網路上對可恨怪物的委婉稱呼，意指某種雌性動物的後裔），頭上生得一對犄角，拋出光球取人性命，煞是難纏。在區域網路多人共玩時，你的玩伴每每搶著用電鋸對付它，享受吱吱的電鋸聲與肢解過程，同時大呼「爽斃了」。

網際網路上有位玩家列舉了若干現象，教發燒友用來檢驗自己是否玩《毀滅戰士》玩過頭。現象之一是：當你聽到你太太感冒擤鼻涕，你伸手去拿你的電鋸。

幻境中的敵人有兩類，一種是來自超次元空間的猙獰怪物，一種是你先前的陸戰隊同袍，這些士官中邪成爲小妖，在怪物役使下向你開槍。你自然樂於使用各種武器，穿插個人想像，轟擊這些活靶。美國有個程式設計師，宣稱已經把小妖們的臉，改成了他的老闆的臉。同行紛紛寫電子信探詢：「你是怎麼辦到的？」

遊戲並提供「死亡競賽」模式，讓你和玩伴在迷宮中各尋武器，看誰先把對方幹掉。製作人厲害的地方，是能使地球兩端的兩名玩者，經由數據機的連線對決，跨越天涯海角，滿足人類的鬥性。

《毀滅戰士》構築了地獄般的世界。這個世界，莫非是現實世界的倒影？現實世界在許多人眼中，不也充斥著牛鬼蛇神、魑魅魍魎。電視在你家客廳搬演的災難、戰爭事件，有多少鬼哭神嚎。佛家把我們居住的世界譬爲火宅。日本的鬼才小說家芥川龍之介說，人生其實比地獄更地獄。義大利的鬼才小說家卡爾維諾則說：「如果眞有一個地獄，它已經在這兒存在了，那是我們每天生活其間的地獄，是我們聚在一起而形成的地獄。」（王志弘譯文）

《毀滅戰士》第二集，松崗代理。

電子地獄的聲光效果與關卡挑戰，自然會吸引小小玩家。你知道，有些教授禁止他的孩子接觸《毀滅戰士》；你也從朋友那裡得知，他讀小學五年級的小孩，已經打完了所有的關卡，知道所有藏有武器的角落。你家的兒童，也忍不住旁觀你啓動的殺戮戰場，純潔的臉龐透出好奇與恐懼。你笑著把搖桿交給他，教他如何操控。

你想，孩子們在呵護之下成長，其實家中由父母的愛構築而成、捨命守護的世界，溫暖而安全，才更不眞實，更像幻境。與其讓孩子們將來眞正認識外間的世界，慘遭幻想破滅的打擊，不如讓他們及早學習認識那個殘酷而醜惡的世界，在地獄中站穩了，再去分辨什麼不是怪物。

《毀滅戰士》本身也成了一個巨大的怪物。這個暴力展覽館，挑戰著大眾的道德觀念，吸收著電腦行家的精力，占據了玩者的心思，令人們廢寢忘食消耗生命，轉化爲它本身的生命。這個怪物，令你不忍苛責，更遑論討伐。它畢竟是人類才智的高度表現。

讚美科技。讓終極暴力始於幻境，也終結於幻境。

刺青的誘惑

一條小巷子兩旁擠滿了成衣店、飾品店、通訊器材行、鐘錶店，各式商品發出眩目的顏色，搶奪著行人的目光。各個店家向街頭播放搖滾樂，在行人的耳中交鋒。街角的星巴克咖啡店遠遠送來濃郁咖啡香，連行人的鼻子也不許空閒。在台北市西門町逛街，人們永遠想不到自己會做出什麼。人們只是渴望品嘗一切，感觸一切。

有一種尖銳馬達聲，斷斷續續，切開了店家競相大聲播放的搖滾樂，像一艘遊艇在聲音的海洋上破浪而來。聲音的來源是一家只有浴室大小的店面，由人群包圍著。我走近音源，從人群的縫隙看去，一個粗壯的刺青師傅坐在工作椅子上，手持電動墨針，在一個年輕女子的肩頭修飾一個刺青圖案。針頭在馬達聲中高速旋轉，它所經過處，年輕女子的黝黑皮膚留下永久的黑色痕跡。女子的肩頭，是一幅將完成的花鳥圖案。

這家店面掛著刺青工作室招牌、台灣刺青聯誼會會員證書。師傅一雙健壯的臂

膀，刺著大片龍紋。女子穿著無袖黑色上衣，留著長髮，臉龐清瘦，沒有男友陪伴。她的神情冷漠，顯示出一種壓抑了的痛苦。圍觀的路人，眼光裡有欽羡，有讚佩，有敬畏。

城市的一切商品，都是身外之物，只能成爲我們的配件。唯有刺青，這種以暴力加諸身體的藝術，這種個性化的商品，成爲我們身體的一部分，永遠伴隨著我們的身體。刺青的圖案、文字，又是寫在身體的公開訊息，宣告著身體的主人的個性、信仰。

刺青不僅在台北流行。前幾年在歐洲旅行的時候，我在哥本哈根街頭看到刺青店，TATTOO的招牌很醒目，有的以丹麥的小美人魚圖案招徠顧客。在荷蘭第二大城烏特勒支，大教堂附近的巷內開著刺青店，我撞見一個有著龐克族爆炸式髮型的壯年男子從店中走出，那是冬天，他穿著長袖外套，但是頸背上布滿波浪式彩色刺青，像內衣外翻的高領。那種密度與彩度，有如一幅刺繡，說明了他豁出去的心情。

有經驗的人說，刺青時很痛，刺針的鑽刻會痛得你暫時失去意識。但是，日後如果反悔，要用雷射手術除去刺青，雷射打在身上的感覺比刺青更痛，有如鞭打、蜂螫。

小時候，我在許多鄰居老兵的上臂看過「反攻大陸」、「殺朱拔毛」的政治標語刺

哥本哈根港口的小美人魚雕像。小美人魚是丹麥人的刺青題材。>

青。在刺字時刻，老兵的信仰是眞誠堅定的。特定時空下政治信仰，終究抵擋不了歷史潮流。當兩岸政治局勢變異，台灣開放赴大陸探親，他們手臂上的刺青成爲反諷。

情侶熱戀之際在彼此身上刺上對方的名字，作爲「非君莫屬」的宣誓。一旦雙方離異，這個刺青又成爲嚴重困擾，使他們無法面對新情人。毀誓的情人們，只得用更爲痛苦而昂貴的雷射手術除去刺青。

政治與愛情最善於欺騙，騙得人們以爲找到了永恆的信仰，於是獻出了身體的純潔。刺青永久和人體同存，人的一生在同一個部位只有一次機會刺青。即使先進的雷射手術，也無法有效消除所有刺青。決定刺青，就是賭上自己的身體。

人們忍受著刺針帶來的痛楚、任憑顏料穿入眞皮層的那一刻，那種爲信仰獻身的熱情、不怕受到欺騙的勇氣是可貴的，儘管到最後他可能被歷史否定、被自己否定。那隻刺有「反攻大陸」楷書的黧黑手臂，帶著軍人的豪勇，舉起滿杯米酒給我這個小娃兒灌進肚腸，一直是我童年記憶中的鮮明形象。

在消費資訊的疲勞轟炸、店面擺設的巧妙誘惑下，許多走進刺青店的年輕顧客，卻是逛街逛得臨時起意而刺青。刺青代表的莊嚴意義被消解了，年輕消費者以簡單平常的行動宣示：他們的身體不是由國家或愛侶所控制。他們的身體從屬於時尚，服從著消費欲望。

銅鈴響叮叮

那天下午，我駕車經過台北市環河快速道路，前往西門鬧區觀賞一場電影試映。被陰霾圍困多日的台北天空，陽光陡然從雲隙突圍，一霎時擴散成一片金雨，遍灑這個奇蹟城市。快速道路右側是青年公園，那裡的蒼翠樹木和繽紛花壇的色彩，在陽光下復活。幾個衣著豔麗的孩子在兒童遊戲區爬上爬下，隔著車窗，我聽不見但能想見他們的歡笑。公園外側柏油路面上用白線畫的停車格空了一排，彷彿召喚著我去停車。

入春以來，孩子們吵著要來青年公園好幾次了，我一直都沒機會帶他們來。眼見公園景色從陰天的水彩畫成爲大晴天的油畫，我有一股衝動，欲改道折返，把孩子從課堂上接出來，帶他們進公園，享受整個下午的陽光。但是這一段快速道路的車道是封閉的，我只能按照既定路線行駛。況且，前面等待我的，是一場藝術的盛宴：朋友邀我觀賞聲光華麗的比利時電影《絕代豔姬》，這部片子獲得一九九五年美國奧斯卡金像獎最佳外國影片提名。為了擁抱藝術，我必須放棄難得一見的陽光，進入一間更黑暗的屋子，藉著幻境的綺麗補償現實生活的單調。

我踩著油門使車子前行，落在擋風玻璃上的樹影一路溶解著，陽光在白色引擎蓋上彈跳嬉戲。我關在這個滾動的金屬牢籠裡，望見淡水河對岸長立方體的大廈群在陽光下海市蜃樓般地升起，向陽和背陽的兩面形成強烈的反差。河面瀰漫一層氤氳的薄霧，掩映著錯落有致的沙洲，纏繞著橫跨兩岸的中興橋。這奇異的景致，似近似遠，疑眞疑幻。我傾聽著自己的汽車在這個風和日麗的天氣發出輕微的零件震動聲。

我的記憶裡響起一陣軍用水壺與腰帶環扣的撞擊聲。十多年前一個燠熱的夏天上午，我是一名剛入伍的預備軍官學生，戴鋼盔扛步槍，全副武裝在隊伍中揮汗行進，要到野外操課。一百多人默不作聲，沉默如一艘軍艦。忽然一段熟悉的童謠旋律，從營區圍牆外一家幼稚園的擴音器傳來，勾起了我童年的回憶。那首童謠是〈銅鈴響叮叮〉。我讀幼稚園時，每天上第一堂課時，老師風琴彈的曲子也是這一首。我們在這溫柔的旋律下，手牽手，圍成圈。穿著象徵童騃的圍兜，期待上課吃果果、玩遊戲，那便是我童年快樂而單純的日子。這回卻是在行軍時聽到這首曲子。我被納入了最嚴密的體制運作中，卻有這麼一段幸福而自由的旋律，穿牆而來。年輕的我，想到面對將近兩年的役期，還有被迫與我兩地相隔的女友，心中頓感悲切。

蘇州寒山寺的銅鈴。

成年後，我才知道〈銅鈴響叮叮〉的歌詞意涵，是很殘酷的：

銅鈴響叮叮，瞎子快聽聽，
銅鈴響叮叮，瞎子快聽聽。
銅鈴現在那裡響叮叮？
瞎子快快說分明。
銅鈴響叮叮，瞎子快聽聽，
銅鈴響叮叮，瞎子快聽聽。

幸福與自由，永遠在我們所處的情境之外，像那銅鈴，遙遙聽到了，卻看不見，這就是人的存在的悲劇性。我們的生活裡，一個又一個悲哀的軌道等著將我們納入。我們必須每天忍受厭膩的工作、乏味的人群，才能賺到餘暇，擁抱眞正熱愛的事物。如果我們之中某個人，在生活軌道裡曾經見過幸福與自由，那就像部隊在野外操課時，一隻草叢裡飛來的翩翩蛺蝶，偶然停駐在這位戰士的迷彩鋼盔帽簷上。在同袍竊笑相傳中，在嚴厲的教官發現而喝斥前，他只能靜靜維持不動，僅僅翻動眼球，透過汗水與淚水，難以置信地瞠視鋼盔帽簷上，猶在輕輕搧動翅膀的蛺蝶。

在戰地坑道中醒覺

我在一片濕冷昏暗中醒來。綠色的軍用蚊帳的頂端，滿布鑿痕的岩壁似在撲面壓來，鄰床的軍官打著宛如輕機槍射擊的鼾聲。壕溝壁的窗洞透進一絲朦朧的晨光，我知道不久之後營區的擴音器就要播出昂揚的起床號，官兵們將從各個坑道中鑽出來，到連集合場參加早點名。我抗拒著清晨的寒意，裹緊棉被，卻抱進一團濕冷，像一條大魚的屍體。原來是我在睡夢中翻身時，棉被的一側與濕漉漉的岩壁貼了一夜，吸滿了水分。坑道的黑暗比平地的黑暗更晚散去，我計算我還要捱過這一天又一天的外島役期，像這裡的坑道一樣陰冷漫長，退伍的日子像坑道的終點那般遙遠，我雖然知道它存在，要真正到達了才能確信它的確存在。

這是國共內戰的歷史造成的千千萬萬台灣青年在這個小島服役的命運。有人意圖抗拒這命運，抱著空汽油桶跳海，想游到對岸的中國廈門，又漂回金門的海岸，被據點的友軍逮捕。有人在夜間接下上一班衛兵的步槍與彈藥上崗哨之後，掉頭衝進寢室

金門風獅爺處處，作辟邪之用。

掃射白天惡整他的軍官。幾天之後，他在破曉前被數名槍兵拖往靶場，各單位奉命派出頑劣士兵觀看他被槍決。我想到病床上的父親，失聯的女友，堆放在家中後陽台紙箱裡的哲學與小說，鋼弦生鏽的民謠吉他，我念大學時嫻熟而今忘卻的和弦指法。這一切始於我搭乘火車到新兵訓練中心報到，我在操場上被理髮兵剃成大平頭之後。我告訴自己，這一定是一個噩夢。我不是和同期退伍的官兵上了回台灣的運輸艦嗎？我不是在甲板上脫下了草綠色汗衫，把身上最後一件和軍隊有關的物件拋到台灣海峽了嗎？我不是和女友分手，重新追尋到愛情了嗎？我不是在工作之餘旅行了多個國家，收藏生動美好的回憶來覆蓋當兵的回憶嗎？我不是不停地追求美感、伸張個性來對抗軍隊的僵硬規格與集體化嗎？最後，我還以勝利者的姿態，帶著鍾愛的女兒，隨著小學的畢業旅行團重返長期埋葬過我的青春的地方，在全島最高的太武山與她追逐。我依稀聽到房外女兒向母親說話的聲音，如晨間雀鳥啁啾那樣清脆。我的意識奮力掙扎，四周的岩壁突然消失，台北的晨光從臥房兩側的窗戶傾瀉而下，照亮臥房的音響與書架。我發現我是在我的臥室醒覺，我的棉被是乾燥的。

堆積的廢炮彈殼，見證金門所承受的炮擊。

算一算，我從金門退伍已經二十年了。那個噩夢離我已經很遙遠。睡眠不好的時候，在坑道中睡醒的經驗還是不時回到我的晨夢。我懷疑這二十年的生活只是我在戰地坑道睡夢中間歇做的一個夢，我仍活在命令聲與槍聲中，在絕望中期盼著坑道彼端遙遠的退伍之日。

死之變容

我即將邁入四十歲時，才真正和死亡打照面。

我屬於所謂的外省人第二代，父母在一九四九年辭鄉，隨政府播遷來台，自此與中國大陸的親人音訊斷絕，達四十年。這段期間縱有大陸上親人去世，我們在台灣並不知情。我童年的生命歷程是完整的。

一九九四年九月，我的岳丈因糖尿病併發腎衰竭去世，最傷痛的莫過於麗香。她從小最受父親疼愛，從小到大，從來沒有受過一句責罵。這與我出身軍人家庭的成長經驗完全兩樣。我從麗香的低迷心境體會到，親人的去世，等於我們的一部分也死亡了。別人的死，我們再怎麼同情，頂多像看電影感動得落淚，並不致痛到心底。至親好友的死，像鞭子狠狠抽在我們身上，那痛苦無可逃避於天地之間。

令我不忍的是，三個孩子們也必須加入悼亡的行列，面對喪禮的悲慟與畏怖。大兒子九歲，小女兒才四歲。我平日悉心經營孩子們的生活，希望他們的童年記憶都是陽光，不容人世間的不幸與悲苦在這三棵小樹留下刻痕。

為岳父做頭七時，我們一家五口在他的靈前肅穆地祭拜。我們向靈位上的遺照行完禮後，小女兒鼓鼓跟著我們表情凝重，便低聲向我訴說她的發現：「假的阿公。」

我和麗香都被她的童言無忌引得苦笑。岳父的告別式在岳家門前舉行，不同族群的家族集合起來。儀式依福佬人禮俗舉行，自然也是操福佬話。輪到我這個外省女婿率子女祭拜時，司儀體貼地改用普通話宣讀祭文。

人死後是否有靈，我一直存疑。喪禮形式上是安慰死者，實際上安慰的是生者。在這種場合，我為了麗香，不得

天使石雕淨化了死亡。

不暫時違背了我的信仰，按照口令，帶著孩子們又跪又拜，拜完了歸位長跪。

那天，我們送岳父到與垃圾場爲鄰的鹿寮坑墓園下葬。小鼓鼓嫩白的臉，被墓園蚊蟲叮腫了兩處。我感到那是死亡對我們所作的無情印記。入夜後，岳家的族中長者帶領族人在靈堂燒冥紙，手牽手圍成圈，然後爲岳父的亡靈一一呼喚在場人的名字，問道來了沒有。每問到一人，大家就齊聲答「有」。黑夜中，在竹竿與尼龍布搭成的帳篷下，大鐵桶內的冥紙熊熊地燃燒，彷佛來自冥府的火燄顫抖著，火光閃動在每個族人吶喊的面龐上，彼此的面容變得不復認識。我在疲累中被族人牽著雙手，感到這整個葬禮正是死亡擺出的威儀。死亡向生者昭告：我們是由它所統治。

●

岳父去世的第二個月，長年癱瘓在床的父親，因心肺衰竭病逝。

父親的遺體，先被殮入醫院太平間的冰櫃裡。我審視時，他瘦小的病體蜷曲萎縮如胎兒，緊閉的眼瞼隔開了活人的世界，毛髮稀疏的頭顱像乾癟的皮球。童年被他威嚇的記憶，一閃而逝。眼前是個被病痛摧殘至死的軀體，我很難聯想到幼時所見那個

天使銅雕昇華了悲慘。

塡滿門框的龐大身影，那個怒目圓睜、緊咬下唇、雙臂掄棍教訓逆子的軍人。

父親是中國舊式家庭出身，性格嚴肅剛直，加上職業軍人的背景，向來不會對子女表達柔情，僅知曉以勞苦和權威來表達愛。偏偏我的叛逆性特強，父子衝突的記憶充斥著我的成長史。他與我生命的互動像電極相激，他施加於我的力量強大如地心引力，他的去世，帶給我的不是吾妻對岳父那種溫柔的哀悼，而是墜機一樣的震撼，普遍性的、對「死的必然性」的畏怖。

父親在時，我覺得經由他與過往的世界聯繫，他的存在，爲我阻隔了我們之前那一片黑暗。父親逝後，把我的生命往前追溯，我直接面對了死去的祖先，在我之前是一片黑暗。死亡的威脅完全籠罩了我。守喪期間，我終日惶惶不安，感到生命的淒寒。

我爲父親撰寫了一篇祭文。如果他地下有知，這可能是我們頭一回經由文學溝通，也是我們經由死亡達成永遠的和解。從小學到高中，他一向喜歡搜查我的書包，沒收課外書。我對美感的需求，我從事文學創作的內在衝動，他完全無法體會。人的悲劇就是：我們被囚禁在自我的牢籠，有些人終其一生也無法互相了解。

他的生涯，見證了一場命運的悲劇。少時離開四川老家外出闖蕩，投身行伍，隨軍來台，對軍旅生涯滿懷憧憬，對身爲軍人流露著自豪。即使休假在家，外出時他也喜歡穿軍服。再怎樣也沒想到，退伍後的一場意外，造成腰椎骨折併發下身癱瘓。他生命的最後十五年，被命運的鎖鍊殘忍地鎖在病床上。

父親的葬禮，按照他的宗教信仰，依天主教儀式舉行，家屬一律著黑袍。小女兒鼓鼓，也罩上了寬大的黑袍，在靈堂緊黏著我，隨著儀式的進行，或坐或立。這次，她學會了保持肅穆。鼓鼓的姑姑在瞻仰遺容時痛哭失聲，把她嚇得膽寒，一度不敢去瞻仰爺爺的遺容。還是媽媽牽著她去。看到爺爺撲白粉的臉，裹在殮衾中，不動如面具；隨後在五指山軍人公墓，看到裝著爺爺的棺木被抬進深深的墓穴，她躲在爸爸懷中，終於領悟什麼是死了。

山上墓園朔風刺骨，鼓鼓讓我抱入懷中爲她禦寒。在衆多死者環繞下，我們父女身體緊緊相扣，誓不讓死亡有朝一日將我們之一奪走。

●

父親死後不到兩個月，我再一次遭遇了死亡的打擊。

恩師戴洪軒，從事音樂教育與作曲，以五十二歲的壯年病逝。我銜治喪委員會之命，草擬訃文與先師傳略。師母把數頁他的生平資料傳眞給我，再由我增刪。在撰述戴師生平行誼之時，與他相處的回憶，在我腦海中一幕幕快速重播，印象深刻的事件則不時停格。我也回想到不久之前兩度參加喪禮的沉重經驗。我同時揣想，師母是怎樣地含淚整理帶有他們共同記憶的遺物，悲切地追念戴師個人的生活史。

一九九五年三月，戴師家中庭院的山櫻開花了，我帶著孩子們前往探望師母。小鼓鼓了解戴老師死了，有我陪著，她並不害怕，自在地逗弄戴師家的貓咪。師母仍在悼亡的哀傷中。每當我提起戴師，她就轉臉拭目。我把我的新出版長篇小說呈獻給她，安慰她說：戴師的浪漫狂放精神，已經進入了我的作品中。這反而更令她流下兩行清淚。

不論一個人創造了什麼樣的生活，不論他在別人心中留下什麼回憶，不論他傑出或平凡，他終將回歸他出生前的那一片黑暗，留下徒悲傷的親人。

柏林大教堂墓室棺槨上的哭泣天使。

無限的女人

男人是有限的，女人是無限的。

男人追求金錢、權力、名聲，男人證明自己的剛強、勇猛、聰慧，男人追求超越顛峰的成就，男人鑄下不可挽回的錯誤，男人在世間的一切表演，最終都是爲了女人。只有透過女人眼中反映的形象，男人才能確認自己是誰。

我們的祖先周幽王，爲博得寵妃褒姒一笑，擊大鼓、舉烽火通令諸侯發兵救援爲戲；敵人當眞來犯時，諸侯不再理會烽火傳訊，按兵不動，造成國破身亡。即使貴爲帝王，擁有人世間的一切，位居權力的頂峰，周幽王仍然需要向心愛的女人證明他是一個道道地地的君王，不惜用王者的威信，換來這位十幾歲少女的歡笑。

兩千多年後的今天，台灣的部分電子大亨們累積了一生揮霍不盡的財富，聲名赫赫，有了家室，他們熱切追求的，也是女人。大亨用財富向女人輸出情愛，緋聞的詭譎光輝，照亮了蒼白的日常生活，說明了男人坐擁金山銀山，如果不能換成女人，金山銀山只是砂堆。

每個男人心理都存在著理想的女性美，不斷在每個女人身上尋找這種美，不論是婚前或婚後。女人的美像森林中的鼓聲，從四面八方召喚著男人，節奏忽疾忽徐，男人的心隨之悸動。這種美存在於女人的身體之中，也存在於女人的性格之中。

俄國小說家杜斯妥也夫斯基在《卡拉馬佐夫兄弟》一書中，藉浪蕩子米嘉的口吻說：「理智認爲是恥辱的，感情偏偏當作絕對的美。美是否意味著肉欲？相信我，對於很大很大的一部分人來說，美就是在肉欲之中，——這個奧祕你知不知道？」（榮如德譯）杜斯妥也夫斯基的著名結論是「美這個東西不但可怕，而且神祕」。

美是一種驚異，一種全新的發現。這種發現過程，有時是完全暴露的，像是在平地突然發生了海嘯，你面對鋪天蓋地的巨浪，只能憑之任之，無處可逃；有時是幽微隱蔽的，像在玉器店裡看到一件精品，當時不覺得怎麼樣，可是回家以後心裡一直想著它，最後確認了「非到手不可」的欲望。

女人的性，可怕而神祕。一個女體裸裎在男人面前，像夜色中蜿蜒的河流，在月光下閃閃發光。像熱帶叢林中一段潛行的巨蟒，望不見首尾。像一個符號，凝固在時光中，永遠不可觸及。男人內心不免升起對神明、對無限、對深不可測的自然的敬意。

女人的性格包含了男人所沒有而嚮往的特質。愈是與男性對立的性格，愈是吸引男人，一如男體渴望和完全對立的女體合一。完全對立的物質在融合的瞬間能釋放巨大能量，女人的性格、見解也是如此啓發男人。男人以理性爲階梯，一步一步掌握事物。女人用敏銳的直覺直指事物的核心，在瞬間揭示了問題的答案。男人從整體來看待事物，經常忽略了涵意豐富的細節，女人的細膩能夠打破男人認知上的盲點，帶給男人頓悟的喜悅。男性主導的社會給了女人撒嬌、發嗲、直言無諱的特權，形成了女人性格中的主要魅力，令男人卸下面對社會的精神武裝。儘管男人與女人的精神可能處在兩個迥然不同的層次，男人依然喜歡傾聽女人的意見，向女人講述他面對的複雜問題。

每個女人都是一個世界：她的性情、經驗、想法、聲音、嗜好、體態、生活習慣、行事風格、好哭的程度、對時尚的品味，以及迷離的眼神、幽幽的嘆息，軀體的觸覺、芳香與光澤，充滿了差異。女人是男人永恆的迷宮。男人與女人相戀，等於投身另一個世界從事冒險。男人懷著世界主義的激情，探索不同類型、不同種族的女人，滿足了征服的野心，如同他們對待世界的方式。

男人找女人作伴，在女人身上尋求妻性。所謂妻性，根據魯迅在〈小雜感〉一文的說法，是「母性和女兒性的混合」。男人一方面需要一個可做愛的慈愛母親，一方面

羅丹的雕塑表現兩性的愛戀最淋漓盡致。

需要一個可做愛的撒嬌女兒。在妻性的女人面前，男人時而是傾訴苦惱、索求溺愛的孩子，時而是盡情寵慣、無所不能的父親。妻性形成了男女之間親密無間的關係，使男人與女人結爲忠誠盟友，兩人可以相伴到生命的終點，也可以和全世界對抗，共同犯罪。

男人也在女人身上尋求妓性。妻性也會使女人和男人形成一個封閉的兩人世界，愛情的新鮮刺激被平淡的日常生活消蝕。對於大部分男人來說，愛情就像海上的一條長浪，幸福存在於踏著衝浪板穿行在浪頭的時刻。那是一種征服、占有、迷戀、珍惜、崇高混雜的體驗，這種極峰體驗値得放棄一切來換取。然而長浪終究會抵達大海的終點，消失在平寂的沙灘。妓性是狂野、放蕩、勢利、經常的背叛，是在一個女人身上湧起一道又一道的長浪。女人的妓性激發男人的好勝心與嫉妒心，讓每一次相會都成爲一場與其他男人競逐的勝利，每一次交歡都是重新收復失土，愛情和上一次同樣鮮活，甚或更爲猛烈。男人將妓性的女人當作神來膜拜，陶醉在香客的集體虔誠中；男人將妓性的女人當作賤民來蹧蹋，享受開懷的墮落。中國古代名士與古羅馬人都崇拜名妓、供養名妓，除了欽羨名

茱麗葉雕像。義大利維洛那，茱麗葉之家。

妓的色與藝，不外乎這個神祕的原因。

關於女人的多戀、女人的妓性，東、西方男人發明了很多鄙夷的詞彙，更寫出了傳世文學作品來譴責。左拉的《娜娜》爲女主角娜娜安排了罹患天花死亡的結局來懲罰她，這部自然主義小說的結尾寫得怵目驚心。法國十九世紀作家喬治·桑卻宣告了多戀女人的勝利，她愛戀的都是當代文化菁英，從一個接一個入幕之賓那裡精進了藝事。黎巴嫩詩人紀伯倫的散文詩〈昨日·今日·明日〉則以東方人的豁達詮釋女人的多戀：「她，就像生命，爲所有人所占有；她，如同死亡，征服著所有的人；她，好似永恆，包容著所有的人。」（冰心、伊宏譯）

當男人自以爲征服了女人，他其實是把自己的命運交付到一個女人手中。女人不論是作爲妻子或情人的角色，都塑造著男人的命運。女人的不悅可以摧毀男人一整天的快樂：女人的寬慰可以在生活的牢獄畫出一扇窗子，男人發現它眞的能打開，而且敞向天堂。政治家被女人影響政治判斷，名流爲女人身敗名裂，藝術家因女人得到了創作內涵，改變了創作風格。女人操縱著男人的溫柔與狂暴，神性與魔性。

男人迷戀一個女人到無可自拔，他的哀號能響徹歷史。文藝復興時期義大利詩人佩特拉克的《歌集》，整部就是男人一生的哀號。當男人失去心愛的女人，他會自殺。棄男的心靈比棄婦破碎，因爲男人受到更高的社會要求，自尊心比女人更強。男人習慣用道義、責任來要求感情，女人用直覺來運作感情，當一個女人決定離開男人時，男人通常是找不到原由的。

男人若是拋棄一個妻性的女人，女人的妻性重新分解出母性，母性就是獸性，獸性的縱放演出了女性的復仇。女人是一片混沌，是能夠掀起狂風暴雨、引發火山爆發的大地。一個憤怒絕望的女人，她會跨越社會常規，做出比一般男人更可怕的毀滅行動。希臘悲劇作家尤里庇狄思塑造了文學史上最恐怖的女人米蒂亞，她毒死丈夫傑森王子另娶的新婚妻子和岳丈，手刃兩個親生兒子，報復傑森王子的變心。在日常生活的小小波瀾中，女人用哭泣展現她的非理性力量。女人哭泣時，清秀的面龐被淚水染成調色盤，優雅的儀態崩塌成廢墟，嗚咽的聲音好像野獸發動攻擊前的低沉咆哮，非理性的力量形成一道龍捲風，下一刻就要摧毀男人賴以維生的秩序。

女人的非理性力量威脅著男性的安全，女人的魅力挑戰著男人的自尊，誘使男人迷惑、陷溺，由此產生了逃避女人的男人、恨女人者。男人藉著同性戀、出家、自殺逃避女人。中國傳統文人有一套混世之道，像唐代文人元稹所作傳奇《鶯鶯傳》的張生，向他獻身交心的女人，他比喻爲妖孽，攀到道德的制高點棄她而去，謂之「忍情」。《水滸傳》描寫的梁山泊更是一群恨女人者組成的男人烏托邦，他們依附著「替天行道」的使命感，宣揚禁欲，不齒好色。那畢竟是烏托邦而已。沒有女人，男人只

（右上）中國重慶女人。
（右中）威尼斯露天派對的仕女。
（右下）威尼斯的埃及女人。
（左）威尼斯的德國女人。

一九九五威尼斯美術雙年展的變裝女郎。

是半個人，是失去信仰的迷途羊、沒有依託的孤兒，無法忘記時間的流逝，擺脫不了生活的重壓。男人可以不信神，但無法忍受心中沒有女人作爲信仰中心的生活。男人縱使占有全世界，如果不能找到一個女人當作神來進貢或當作信徒來接受膜拜，一切都是徒勞。

男人年輕時，在女人身上尋求人生的啓蒙，得到成熟；到了年老時，在女人身上尋求青春，喚回生命力。男人恐懼衰老，固然是恐懼著死亡的接近，另一層的恐懼是一個衰老的男人再也得不到女人的愛。

德國詩人歌德在七十四歲的耄年，前往瑪麗溫泉，愛上了十九歲少

當年在米蘭街頭偶遇的少女。

女烏爾莉克，求婚被拒，寫下感人肺腑的《瑪麗溫泉哀歌》，把這次失戀的苦情形容爲「失去了宇宙和自我」，怨訴了男人年老時最深沉的悲哀、最深層的恐懼。老詩人獻上全部才華，展示一生功業，也求不到少女的愛。

日本作家川端康成小說的男主角，總是那麼無可救藥地迷戀少女。他的晚年作品《睡美人》，描寫性能力萎謝的老人，藉著愛撫服了安眠藥熟睡的少女來滿足殘餘的欲念。在清純少女和猥瑣老人的強烈反差下，老男人顯得那麼無助，那麼可憐。

文化的高度決定著男人對待女人的方式。當男人不知道如何與女人合而爲一，每個女人對他而言，都是碎片，他不斷搜集碎片，企圖拼成一個完整的女人；他透過支配與順從、施虐與受虐的關係，以暴行做出悲劇性嘗試。在另一個極端，男人對女人抱持宗教情懷來崇拜。女性崇拜的情懷，在西方的文藝復興時代，產生了達文西、但丁、佩特拉克等大藝術家；在中國，曹雪芹是所有文學家中最崇拜女性的，他的《紅樓夢》被公認爲中國文學的極品。不過，曹雪芹只是個鑑賞家，女人是他珍愛的藝術品，《紅樓夢》的賈寶玉不曾爲女人犧牲，也不曾被女人提升。女人帶給賈寶玉的，最終是絕望虛無。但丁的《神曲》、歌德的《浮士德》，將男人對女人的戀慕提升到宗教的高度，使女人對男人產生救贖力量，把男人領出塵世的地獄，上升到神聖光明的上帝之國。兩位大詩人在現實生活中的女性親密伴侶，其實都屬於庸俗之輩，是他們的想像力和文化高度創造了理想的、永恆的、無限的女人。

女人安適，是自足的存在，從容地選擇來追求的男人；男人躁動，永遠感到缺憾，不斷地攻擊同類，像求偶的丹頂鶴，一而再、再而三演出翩躚的舞蹈取悅女人，亟欲聽到女人說一聲「好吧」。男人對男人的欣賞依然潛藏了競爭對立，男性間的友情固然高貴，相知相惜處堪與愛情媲美，然而友情僅是兩個靈魂捆紮在一起，你仍是你，我仍是我。女人與男人的愛戀開啓了精神與肉體雙重結合的可能，帶來天翻地覆的改變，兩個滯重的肉體融合爲輕盈迅捷的雙翼天使，盤旋而上，飛翔到時間之外、宇宙之外；兩個靈魂消除了彼此的差異，摧毀了隱形的鴻溝，投身到激情的熊熊火焰中，一同融化、消失。無限的女人，帶領男人一次又一次重返樂園。

【誌謝】

感謝下列媒體惠予刊登收入本文集的作品：〈中國時報．人間副刊〉、〈聯合副刊〉、〈中央副刊〉、網路家庭「名家專欄」網站。

文學叢書 107

無限的女人

作　　者　孫瑋芒
總 編 輯　初安民
責任編輯　陳思妤
美術編輯　許秋山
校　　對　吳美滿　陳思妤　孫瑋芒

發 行 人　張書銘
出　　版　**INK** 印刻出版有限公司
台北縣中和市中正路 800 號 13 樓之 3
電話： 02-22281626
傳真： 02-22281598
e-mail:ink.book@msa.hinet.net
法律顧問　林春金律師

總 代 理　成陽出版股份有限公司
業務部／訂書電話： 02-22256562　訂書傳真： 02-22258783
訂書地址：台北縣中和市中正路 800 號 11 樓之 2
e-mail ： rspubl@sudu.cc
網址：舒讀網 http://www.sudu.cc
物流部／電話： 03-3589000　傳真： 03-3581688
退書地址：桃園市春日路 1490 號
郵政劃撥　19000691 成陽出版股份有限公司
門市地址　106 台北市新生南路三段 96-4 號 1 樓
門市電話　02-23631407
印　　刷　海王印刷事業股份有限公司

出版日期　2005 年 11 月 初版
ISBN 986-7420-94-2
定價　280 元

國家圖書館出版品預行編目資料

無限的女人／孫瑋芒 著.－－初版,
－－臺北縣中和市： INK 印刻,
2005〔民 94〕面 ；　公分（文學叢書； 107）

ISBN 986-7420-94-2（平裝）

855　　　　94019781

INK INK INK INK INK INK
INK INK INK INK INK
INK INK INK INK INK INK
INK INK INK INK INK
INK INK INK INK INK INK
INK INK INK INK INK
INK INK INK INK INK INK
INK INK INK INK INK
INK INK INK INK INK INK
INK INK INK INK INK
INK INK INK INK INK INK
INK INK INK INK INK
INK INK INK INK INK INK
INK INK INK INK INK
INK INK INK INK INK INK
INK INK INK INK INK
INK INK INK INK INK INK
INK INK INK INK INK
INK INK INK INK INK INK
INK INK INK INK INK
INK INK INK INK INK INK
INK INK INK INK INK
INK INK INK INK INK INK

INK

INK INK INK INK INK
INK INK INK INK INK INK
INK INK INK INK INK
INK INK INK INK INK INK
INK INK INK INK INK
INK INK INK INK INK INK
INK INK INK INK INK
INK INK INK INK INK INK
INK INK INK INK INK
INK INK INK INK INK INK
INK INK INK INK INK
INK INK INK INK INK INK
INK INK INK INK INK
INK INK INK INK INK INK
INK INK INK INK INK
INK INK INK INK INK INK
INK INK INK INK INK
INK INK INK INK INK INK
INK INK INK INK INK
INK INK INK INK INK INK
INK INK INK INK INK
INK INK INK INK INK INK
INK INK INK INK INK
INK INK INK INK INK INK

INK INK INK INK INK INK
INK INK INK INK INK
INK INK INK INK INK INK
INK INK INK INK INK
INK INK INK INK INK INK
INK INK INK INK INK
INK INK INK INK INK INK
INK INK INK INK INK
INK INK INK INK INK INK
INK INK INK INK INK
INK INK INK INK INK INK
INK INK INK INK INK
INK INK INK INK INK INK
INK INK INK INK INK
INK INK INK INK INK INK
INK INK INK INK INK
INK INK INK INK INK INK
INK INK INK INK INK
INK INK INK INK INK INK
INK INK INK INK INK
INK INK INK INK INK INK
INK INK INK INK INK
INK INK INK INK INK INK